I0641868

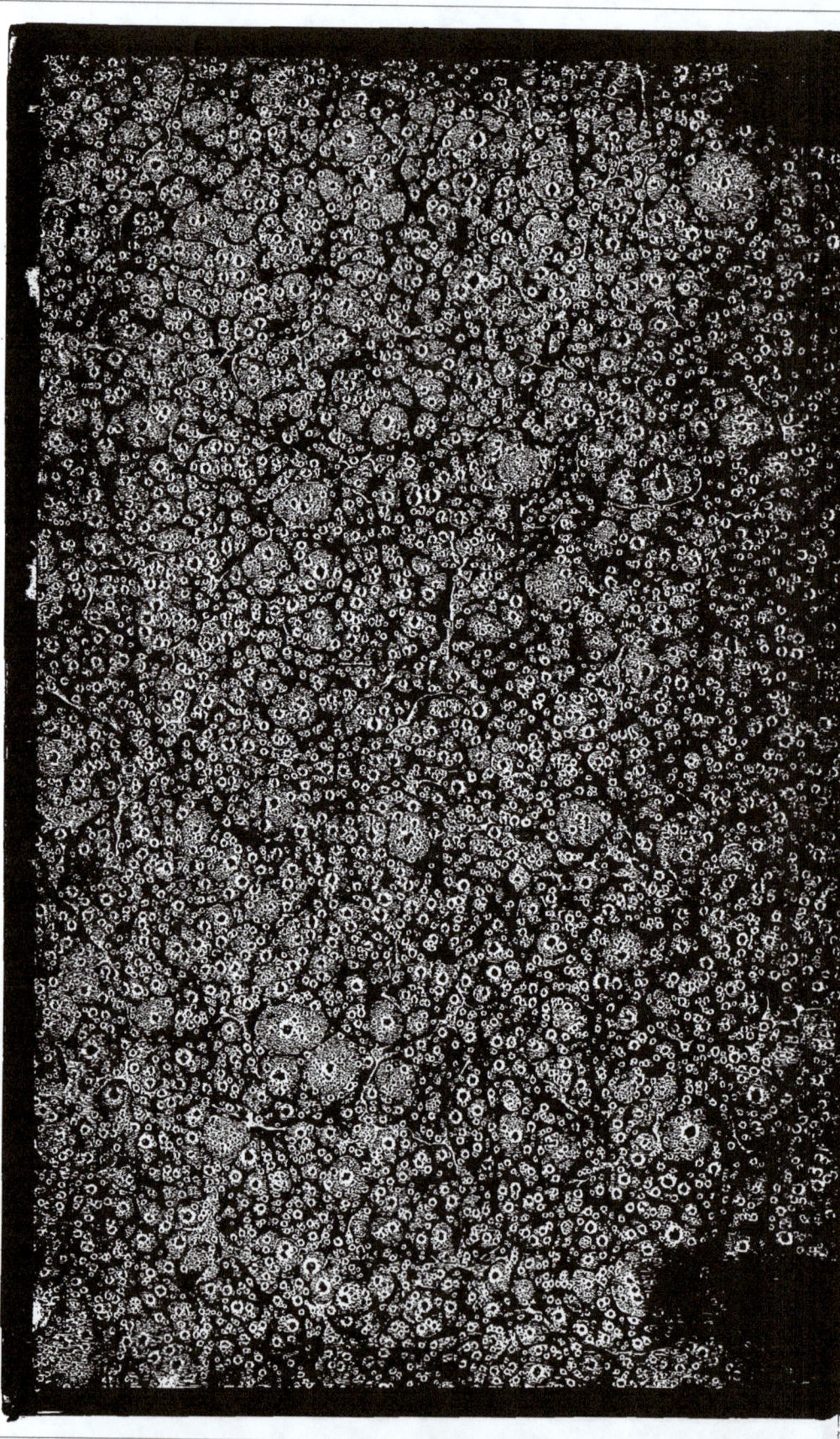

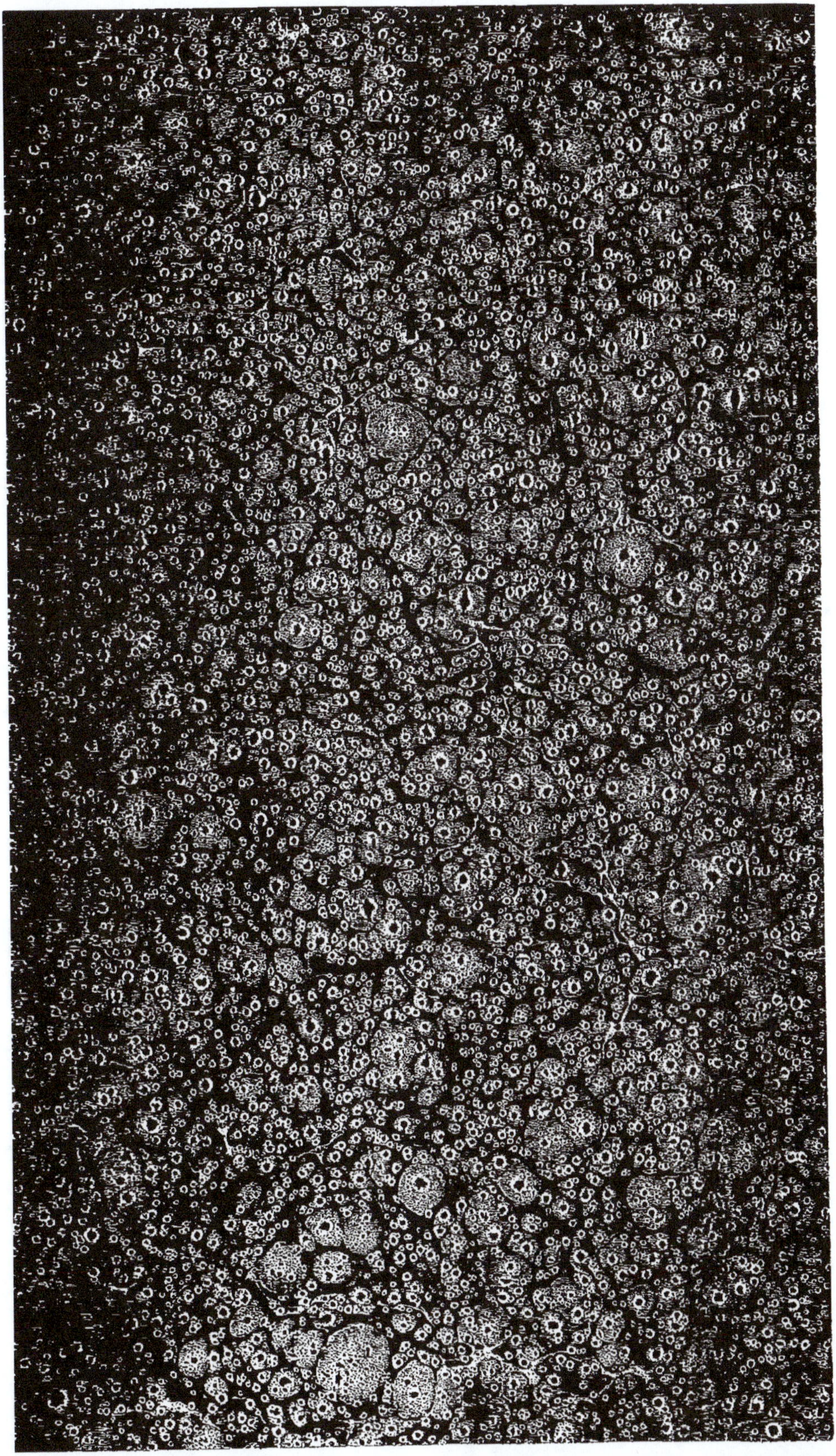

AMOUR ET FOI.

PARIS. — IMPRIMERIE ET FONDERIE DE RIGNOUX ET Cᵉ, RUE DES FRANCS-BOURGEOIS-S.-MICHEL, 8.

AMOUR ET FOI.

PAR

ÉDOUARD TURQUETY.

Deuxième Édition,

AUGMENTÉE DE QUATRE NOUVELLES PIÈCES.

PARIS.

A LA SOCIÉTÉ DES BONS LIVRES,
RUE DES SAINTS-PÈRES, 69.

DELAUNAY, LIBRAIRE,
PALAIS-ROYAL.

CHAMEROT, LIBRAIRE,
QUAI DES AUGUSTINS.

LOUIS JANET, LIBRAIRE,
RUE SAINT-JACQUES.

RENNES.

MOLLIEX, LIBRAIRE-ÉDITEUR.

——

M DCCC XXXIII.

AVERTISSEMENT DE L'ÉDITEUR.

Nous ne pouvons mieux faire, pour recommander la nouvelle édition de cet ouvrage, dont la première parut en 1833, que de transcrire le jugement de M. Charles Nodier, jugement consigné dans les journaux d'alors : il constate la voie originale et nouvelle que l'auteur s'est frayée en se faisant spécialement catholique. Le nom et l'autorité de ce célèbre critique dispensent de tout autre éloge.

. . . .
. . . Entre tous les jeunes poëtes qu'a produits la noble école religieuse de M. de Lamartine, je n'en

connais point qui l'emporte sur M. Turquety, par l'élévation de la pensée et par la magnificence de l'expression. C'est le digne Élysée du prophète, et on reconnaît la double inspiration de son maître à la grandeur des sentimens comme à la constante élégance de la parole. Ce qui le distingue surtout, et pour s'exprimer comme on le fait aujourd'hui, ce qui le *spécialise* entre tous ses émules, c'est que sa poésie est animée par une foi pure et une conviction profonde. Ce n'est plus l'élan indéfini d'un spiritualisme admiratif qui honore Dieu dans ses œuvres, mais sans savoir précisément à quel dieu inconnu il doit rapporter ses hommages; c'est l'hymne exhalé aux autels du christianisme, et tel qu'il a été recueilli par Klopstock dans les concerts mêmes des anges. Nos muses modernes sont déistes, et c'est un immense progrès après un long siècle de scepticisme absurde qui annonçait la fin des temps. Celle de M. Turquety est catholique, et ses chants peuvent se marier aux concerts des vierges et des prêtres : or, c'est là une réelle et incontestable originalité. Il nous semble qu'une haute destinée est réservée au jeune talent qui a marqué ainsi son point de départ, et est allé prendre sa lyre aux murailles du sanctuaire. . . . .

CH. NODIER.

PRÉFACE

DE

LA PREMIÈRE ÉDITION.

Mon dessein était de publier ce Recueil sans ré-
flexions préliminaires. L'intention qui l'a dicté est si
peu douteuse , et revient si fréquemment dans le
cours de l'ouvrage, qu'il me paraissait au moins inu-
tile de la manifester une fois de plus. Des personnes
d'une autorité grave en ont jugé autrement : elles ont
pensé que je devais au lecteur quelques lignes d'in-
troduction à mon faible travail. J'obéis à un arrêt que

je respecte ; mais l'explication sera courte. Au lieu de poursuivre des développemens qui sembleraient peut-être hors de leur place, j'aime mieux renvoyer à l'ouvrage lui-même, si toutefois on a l'indulgence de le lire.

Le but de ce livre est complétement religieux : je dis *complétement*, car les pièces variées qu'il renferme se rattachent à cette unité religieuse. Elles sont là pour montrer l'écrivain sous ses différentes faces : mais l'écrivain est toujours lui-même, c'est-à-dire catholique avant tout ; et c'est en cela que le genre de ce volume diffère de la poésie religieuse telle que l'a créée en France un poëte illustre, doublement sacré par son rare génie et sa belle âme. Nous avons replié sur le livre du Dogme des ailes qui ne nous portaient pas jusqu'au séjour des harmonieuses Méditations. Ici la poésie est de la terre : elle se mêle au mouvement qui entraîne la société ; elle se passionne, elle s'indigne des obstacles que la vérité rencontre. L'hymne est moins fréquente, la défense plus habituelle. C'est une profession de foi rigoureuse et absolue qu'il me serait doux de voir répétée par les âmes dont la croyance ne s'est point altérée au contact de l'époque : c'est le catholicisme enfin, le catholicisme, religion des jours anciens, qui dominera les jours nouveaux. Le Christ, toujours le Christ, voilà l'idée première, l'idée unique de l'ouvrage.

Je ne me dissimule pas ce qu'une pareille publication offre d'inopportun dans les circonstances actuelles. Ce n'est pas quand la société se délabre comme un vieil édifice qui tombe, quand l'agonie intérieure se manifeste de tous les côtés par des crises violentes et de sourdes rumeurs ; ce n'est pas, dis-je, à travers ces orages de l'époque qu'une voix obscure peut espérer bienveillance et attention. Je le sais, et je m'en console d'avance : c'est qu'il se trouve au fond du cœur de l'homme un instinct plus puissant que de vaines considérations, plus fort que la fièvre même de la gloire, l'instinct de la vérité. Quelle que soit la destinée de ce livre, il aura du moins témoigné de mon ardent amour pour l'antique foi de nos pères ; il aura développé ma conviction la plus sainte, la plus enracinée ; je veux dire le triomphe du catholicisme au milieu des ruines qui s'amoncellent. Quant à la sympathie de ces âmes dont je parlais tout à l'heure, j'avoue qu'elle a été le but constant, le vœu habituel de ma pensée : ce serait la récompense la plus précieuse de mes faibles efforts. Je l'ai rêvée quelquefois ; mais, comme toutes les choses de la terre, j'ai bien peur que mon espérance ne soit qu'un songe de plus à ajouter à tant d'autres songes.

Paris, juin 1833.

I.

INITIATION.

1

INITIATION.

Courage, élance-toi par-delà ces rumeurs;
Courage, ô Poésie!—Ils disaient que tu meurs
    Dans un siècle de frénésie.
Toi, mourir!... Oh! ce choc plutôt t'aiguillonna:
Il te faut comme à Dieu les éclairs du Sina,
    O sainte et grande Poésie!

Viens donc puisque l'orage ébranle au loin les cieux :
Viens malgré tous ces bruits, car tu déploîras mieux
     Ton aile harmonieuse et blanche ;
Car on aime ta voix mêlée au tourbillon,
Comme on aime la foudre, et le cri que l'aiglon
     Pousse au-dessus de l'avalanche.

Viens, et le seul éclair de ton char inspiré
Dirigera mes pas sur la route, et j'irai,
     O Poésie, où tu m'entraînes :
Viens, car le luth sans toi ne peut rendre d'accord ;
Viens, car les bruits du siècle effarouchent encor
     Mon coursier qui bondit sans rênes.

Il s'élance, il t'appelle. — Oh ! viens hâter mon vol,
Quand, soutenu des noms d'Isaïe et de Paul,
     J'ouvre le livre des présages ;
Quand je soulève un coin du terrible rideau
Au siècle qui se perd, comme la goutte d'eau,
     Dans l'urne immobile des âges.

Viens, oh! viens m'affermir, quand je lutte d'effort,
Plein d'ardeur, et poussé par un instinct si fort,
     Que nul autre en moi n'y ressemble.
Oh! ma bouche a besoin de répéter : «Je crois!»
Et pour l'offrir à tous, quand je saisis la croix,
     La main ni le cœur ne me tremble.

C'est que notre avenir jette un reflet brillant;
C'est que je vois de loin le Christ étincelant
     Percer la brume et la tempête;
C'est qu'au milieu des jours son image me suit :
Et la grande figure élève dans la nuit
     Ses deux bras sanglans sur ma tête !

Et je chante, et malgré l'âpreté du combat,
Malgré l'aquilon fier dont le souffle me bat,
     Je marche au-devant de la crise.
J'ai tant sondé l'écueil que je ne le crains plus;
Mon sort n'est pas douteux : je vais contre le flux,
     Et j'attends que le flux me brise.

Mais qu'importe, après tout, qu'on heurte et foule aux pieds,

Comme un débris impur, mes ossemens broyés,

    Si ma tombe n'est pas muette?...

Oh! qu'un nom de martyr est sonore et puissant!

Je voudrais ajouter la couronne de sang

    A l'auréole du poëte.

Je voudrais, l'œil aux cieux et la croix sur le cœur,

Porter ma tête haute à l'échafaud vainqueur

    Qui n'a d'effroi que pour le lâche,

Et que le nom du Christ consacrât mon linceul;

Je voudrais que ce fût mon dernier mot, le seul

    Qu'interrompît le coup de hache!

II.

CREDO.

CREDO.

A M. DE LA MENNAIS.

Je crois. — Le siècle en vain, dans sa pénible route,
Livre son vaisseau frêle à l'océan du doute,
    Et sillonne d'obscurs détroits;
Je me lève, j'échappe au courant qui l'emporte,
Et le regard aux cieux, d'une voix libre et forte,
    Je le dirai tout haut : Je crois.

AMOUR ET FOI.

Je crois à Jéhovah, je crois à l'Être immense
Par qui tout se colore et par qui tout commence,
 Foyer de la création :
Je crois à ce grand souffle, à cette âme inconnue
Qui, comme un vaste éclair illuminant la nue,
 Flottait sur l'abîme sans nom.

Je crois que le Dieu fort, le souverain des anges,
Se pencha sur le monde échappé de ses langes
 Comme un jeune aigle de son nid ;
Et, l'arrachant enfin de son ombre première,
Dispensa d'un regard l'éternelle lumière
 Aux étoiles de l'infini.

Je crois qu'aux reflets purs de cette grande aurore
Qui chassait les vapeurs, on vit le sol éclore,
 Et germer sous un ciel profond :
Je crois que l'Océan, ce roi de la tempête,
Élancé du chaos, trouva sa couche prête,
 Et s'y précipita d'un bond.

Je crois encor, je crois qu'après tous ces prodiges,

Merveilles sans mesure, étincelans vestiges

    Qu'il semait aux cieux et dans l'air,

Dieu suspendit son vol; Dieu, debout sur le monde,

Anima de son âme une argile inféconde,

    Et que la fange devint chair.

C'était l'homme; il tomba.—Je crois que ses longs crimes,

Ses blasphèmes ardens, ses vœux illégitimes

    Montèrent jusqu'à l'Éternel :

Je crois que, déchaînant l'onde supérieure,

L'Éternel livra l'homme et sa frêle demeure

    A tous les océans du ciel;

Qu'il fut absous quand l'onde eut dévoré ses proies;

Que, replacé par Dieu dans de nouvelles voies,

    Il retomba dans son erreur,

Et qu'après bien des jours l'humanité flottante,

Mais pleine d'avenir, tourna des yeux d'attente

    Vers l'Orient libérateur.

AMOUR ET FOI.

Je crois au Christ. — Je crois à l'immortelle flamme
Qui descendit des cieux dans le sein d'une femme,
    Verbe fait chair, verbe divin :
Je crois que sous ses pas courbant la terre et l'onde,
Il jeta tour à tour aux quatre coins du monde
    Sa loi qui n'aura pas de fin.

Je crois que sa parole, à peine répandue,
Comme un autre soleil éclaira l'étendue,
    Et vainquit le dernier chaos;
Je crois qu'il guérissait le mourant sur sa couche,
L'aveugle sur la borne, et qu'un mot de sa bouche
    Brisait la pierre des tombeaux.

Je crois que sa venue ébranla l'ancien temple,
Qu'il montra, jeune encor, des vertus sans exemple,
    La paix de l'âme et la candeur;
Qu'il fut plein de pitié pour ses brebis errantes,
Et qu'il versa toujours sur les âmes souffrantes
    Les plus doux parfums de son cœur.

Je crois qu'abandonné des siens, chargé de blâme,

Et cloué tout vivant sur un gibet infâme,

    Il abaissa son front meurtri;

Qu'il expira sans plainte et sans autre murmure

Que son soupir de mort : je crois que la nature

    Trembla tout entière à ce cri.

Je crois que son cercueil, par un mystère étrange,

Les trois jours révolus était vide, et qu'un ange

    S'y tenait seul pour adorer :

Car le sol destructeur, poussière où l'homme tombe,

Ne garda point le Christ, seul hôte de la tombe

    Que le ver n'ait pu dévorer.

Je crois que l'Homme-Dieu reviendra. — Sa parole

Remûra les tombeaux comme une argile molle,

    Les morts auront tous leurs réveils;

Je crois qu'à ce grand jour qui dort au fond des âges,

AMOUR ET FOI.

Le Christ apparaîtra le pied sur les nuages,
　　La tête au milieu des soleils.

Je crois qu'au premier son de cette voix tonnante
Qui rompra les linceuls, la foule frissonnante
　　Déroulera ses flots épais;
Et qu'on verra se tordre et râler sur l'arène
La mort, spectre hideux que la main souveraine
　　Aura terrassé pour jamais.

Je crois que, se dressant devant la foule blême,
Un tribunal vengeur, un tribunal suprême
　　S'ouvrira dans les lieux prédits;
Je crois à la fournaise inexorable, ardente,
Telle que l'ont creusée Ézéchiel et Dante
　　Sous les pas des peuples maudits.

Je crois enfin, je crois que les âmes sans tache,
Pareilles dans leur vol à l'oiseau qu'on détache

Sous un soleil délicieux,

Iront, loin de la terre, iront à la même heure

Respirer cet air pur, cette aurore meilleure

    Que Jéhovah fit pour les cieux;

Aurore sans nuée, extase indéfinie

Où le cœur palpitant s'abreuve d'harmonie

    Et commence à se dilater;

Aurore du Très-Haut, ineffable, soudaine,

Aurore qui fait vivre, et qu'une langue humaine

    Est impuissante à refléter.

O Christ! je crois toujours. — Le siècle à l'agonie

M'entoure vainement de sa lueur ternie,

    Qu'il proclame un soleil plus beau.

Je crois toujours. — Viens donc au sein de la tempête,

Viens affermir mon pas, jusqu'à ce qu'il s'arrête

    Et trébuche au seuil du tombeau.

Alors, si la terreur environne ma couche,

Si je crois voir dans l'ombre un sourire farouche

    Et des étincelles de feu,

Si l'archange infernal accourt à moi, s'incline

Comme un vautour, et là, le pied sur ma poitrine,

    Dispute mon cadavre à Dieu :

O Christ! mon seul soutien, ô Christ! ma seule idole,

Fais tomber jusqu'à moi cette auguste parole

    Que le Sinaï répéta :

O Christ! sauve mon âme incertaine, égarée;

O Christ! jette un rayon sur cette âme épurée

    Par le soupir du Golgotha!

III.

CRÉPUSCULE.

CRÉPUSCULE.

Le soir, voici le soir. — Devant le crépuscule
La lumière affaiblie à chaque instant recule,
    Le ciel perd sa couleur;
Mais sur les bois dormans, sans rumeur, sans secousse,
La lune brille enfin, consolatrice douce,
    Soleil de la douleur.

Le soir. — Oh! c'est alors que le long des charmilles,

On entend se glisser le pas des jeunes filles,

    Dans les molles saisons;

C'est l'heure où la beauté que la foule embarrasse,

S'isole, et vient plus libre effleurer avec grâce

    Le velours des gazons.

Le soir. — Oh! c'est aussi l'heure dont parle Dante,

Où l'airain qui s'agite émeut une âme ardente

    Jusqu'à la déchirer;

L'heure où le pèlerin que la fatigue gagne

Reprend haleine, et seul au flanc de la montagne

    S'arrête pour pleurer.

J'aime le soir : oh! j'aime et ces vapeurs en foule,

Et ce dernier faisceau de lumières qui croule

    A l'horizon bruni.

C'est qu'une route large alors m'est révélée;

C'est que de cieux en cieux ma muse échevelée
    S'abreuve d'infini.

Mais j'aime mieux encor, quand la cloche m'appelle,
Glisser comme un fantôme au seuil d'une chapelle
    Que je n'ose nommer :
Il est si beau d'ouïr la prière fervente
Aux lèvres d'une vierge, ange pur, fleur vivante
    Éclose pour aimer !

Oh! ce soir-là surtout, quand je te vis, mon ange,
Recueillie en ton cœur où règne sans mélange
    Le Dieu dont il est plein,
T'agenouiller à l'ombre, et par un divin geste
Appeler les regards de ton Père céleste
    Sur ce monde orphelin;

Oh! je crus, transporté dans la vieille Solyme.
Entendre, avec l'accord d'une harpe sublime,

La voix d'Emmanuel.

Ce temple où ta belle âme éclatait tout entière,

Brilla comme une aurore, et je compris sur terre

Les extases du ciel !

IV.

L'OCÉAN.

L'OCÉAN.

Océan, Océan, te voilà ! — Mes pensées
Redemandaient partout tes plages hérissées,
Mon âme aurait voulu t'atteindre à chaque élan :
Te voilà donc. — Frappé de ta grandeur farouche,
Je tremble..... Est-ce bien toi, vieux lion, que je touche,
    Océan, terrible Océan?

AMOUR ET FOI.

Je reviens sur les bords que ton large flot baigne
Défatiguer mon cœur dont la blessure saigne;
La terre est trop fangeuse, on n'y respire pas.
Ici, rien ne me pèse : elle est pure de boue
Ton écharpe de flots qu'un vent du ciel secoue
     Pour en chasser l'air d'ici-bas.

Océan, Océan, le parfum de ta côte
Fait germer la pensée; elle jaillit plus haute,
Et s'épure à ton air comme le bronze au feu.
Océan, c'est de là, c'est du rocher qui tremble,
Que d'un bond plus hardi doivent monter ensemble
     La muse au ciel, l'âme à son Dieu.

La Muse! elle t'implore, elle est sœur de tes vagues;
Elle accourt, quand ton flot plein de murmures vagues
Jette un puissant soupir comme un hymne à son roi :
Altière, échevelée, à ta voix qui l'enchante,
Son luth d'or se marie, et c'est là qu'elle chante
     Le front aux cieux, le pied sur toi.

Et c'est là qu'à travers les rumeurs de ton onde,
Son luth flatte ou maudit, son chant caresse ou gronde,
Soit qu'un volage instinct semble arracher des bords
Tes vagues sans courroux, soit qu'au hasard poussées
Tu les lâches sur eux, cavales insensées,
   Blanches d'écume jusqu'au mors.

Qu'ils sont beaux, qu'ils sont grands tes horizons de lames!
Le disque seul des jours y promène ses flammes,
Ta profondeur l'absorbe; et quand le soleil fuit,
Des phares merveilleux se rallument en foule,
Et ce pavé brillant te jonche, et ton flot roule
   Sur les étoiles de la nuit.

Mélange inspirateur, abîme où se répète
Chaque étincelle d'or qu'admire le poëte!
Oh! dans cet hyménée immense, solennel,
Le cœur religieux qu'un saint transport embrase,
S'arrête et te salue avec des pleurs d'extase.
   Océan, car tu deviens ciel!

AMOUR ET FOI.

Oui, mon œil tour à tour vous cherche et vous salue,
Étoiles de la mer, étoiles de la nue,
Double création, vaste diversité;
Oui, devant ces tableaux qu'aucun mot ne peut rendre,
Le cœur saisi se gonfle et déborde, et croit prendre
Sa part de leur immensité.

Océan, Océan, quand ton roulis m'effleure,
Le flot des temps s'arrête, et je remonte à l'heure
Où l'esprit féconda ton germe abandonné;
Où Dieu, d'un bras qui crée et l'azur et la flamme,
T'arracha du chaos, comme d'un sein de femme
On arrache le nouveau-né.

Je le vois, — son bras fort étreint ton onde pure
Entre des rochers noirs, formidable ceinture,
Barrière qu'il t'impose et qu'il marque d'un sceau.
Il creuse puissamment les gouffres où tu grondes,
Et passe autour des cieux cette chaîne des mondes
Dont tu reflètes chaque anneau.

AMOUR ET FOI.

Jour sacré, jour étrange où sur l'onde et la terre
La parole d'en haut roula comme un tonnerre :
Océan, tes rumeurs en sont le monument.
Oui, dans tes flots sans frein, c'est Dieu qui jette encore
Sa magnifique voix dont ta langue sonore
    N'est que le retentissement.

Oh! cette voix que rien de terrestre n'égale
M'ouvre les profondeurs d'une sphère idéale;
J'y plonge. — Mais mon aile, après de longs efforts,
Me manque, et loin des cieux dont l'azur me réclame
Je retombe et je pleure, infini par mon âme,
    Atome frêle par mon corps.

Océan, Océan, vienne l'heure, — et la sève
Débordera ce corps qu'elle ronge et soulève;
Le Dieu caché rompra son indigne lien :
Vienne l'heure où se fond cette argile glacée,
Et libre de ses fers le flot de ma pensée
    Bouillonnera comme le tien.

Mais mon âme plus haute, où Jéhovah palpite,

Océan, n'aura point de plage et de limite :

Aigle prompt, char immense aux rapides essieux,

Elle fuira partout où fuit l'âme immortelle,

Et plus forte que toi brisera d'un coup d'aile

    Le cercle des temps et des cieux !

V.

ANNA.

ANNA.

—

C'est Anna riante et blonde,
Anna qu'on voit tour à tour
Mirer ses grands yeux dans l'onde,
Et chanter un chant d'amour :
Anna que j'aurais nommée
Du doux nom de bien-aimée,
Si mes vœux n'étaient ailleurs;

3

AMOUR ET FOI.

Anna dont la renommée
A grandi sous tant de pleurs.

Voyez-la joyeuse et belle
Folâtrer dans nos vallons,
Et sourire et derrière elle
Rejeter ses cheveux blonds ;
Voyez-la, quand sa main cueille
La rose ou le chèvre-feuille,
Courir le long du ruisseau,
Plus légère que la feuille,
Plus volage que l'oiseau.

Voyez-la dans la charmille
Saisir le papillon bleu ;
Voyez-la, quand son œil brille
Et lance un regard de feu :
Fleur entre les fleurs nouvelles,
Fleur charmante comme celles
Qu'avril se plaît à semer,

Belle même entre les belles,
Comment la voir sans l'aimer !

Et pourtant ce frais sourire
N'a-t-il donc rien de fatal ?...
Puis-je l'admirer sans dire
Que sa beauté fait du mal ?
Souvent le jeune homme avide
A senti son cœur plus vide
En l'abandonnant le soir,
Et plus d'une âme timide
S'est consumée à la voir.

Lui surtout, lui que mon âme
Redemande avec douleur ;
Lui qu'une précoce flamme
A dévoré dans sa fleur :

Lui que j'ai cessé d'attendre,

Et qui seul savait m'entendre

Et que j'ai connu trop peu;

Lui dont l'amitié si tendre

A fini par un adieu.

Il vit la beauté volage,

Il la vit aux plus beaux jours,

Dans ces fêtes de village

Que le regret suit toujours.

D'abord il n'eut point d'alarmes,

Il ne trouvait que des charmes

A la voir, à l'adorer;

Mais quand il sentit des larmes,

Il vint à moi pour pleurer.

Il vint dans son noir délire,

Il prit ma main dans sa main,

Et, sans oser rien me dire,

Posa son front sur mon sein;

Et son haleine oppressée,

Et sa voix demi-glacée,

Me brisèrent tour à tour :

J'avais compris sa pensée,

J'avais deviné l'amour.

Et pendant cette heure même

De tristesse et d'abandon,

Il ne dit point ce mot : J'aime !

Il ne prononça qu'un nom :

Nom ravissant, nom céleste,

Dont chaque syllabe reste

Au fond de mon souvenir.

Hélas ! par ce nom funeste

J'apprenais son avenir.

Et maintenant, que je meure,

Que je vive, il n'est plus là;

Et j'ai revu sa demeure

Sans que sa voix m'appelât.

AMOUR ET FOI.

Il reviendra, je l'espère;
Dieu lui garde son vieux père;
Dieu, qui savait leur amour,
Ne voudra pas qu'une pierre
L'attende seule au retour.

VI.

DESTRUCTION DES CROIX.

DESTRUCTION DES CROIX.

Février 1831.

Eh quoi ! ma lèvre ardente est-elle donc scellée
Comme un marbre immobile au seuil d'un mausolée,
N'ai-je donc pas mon luth qui me sert de tocsin ?...
Ne pourrai-je, ô mon Dieu, quand ta lueur m'éclaire,
Rompre enfin toute digue à ce flot de colère
    Qui bat les parois de mon sein ?

Je verrai mettre à nu le fond du sanctuaire,

Les plus saints monumens mutilés pierre à pierre,

La croix foulée aux pieds et le temple proscrit;

Je verrai lois et mœurs pourrir à chaque place,

Et je n'oserai, moi, jeter avec audace

　　　Toute mon âme dans un cri!...

Oh! ce cri sortira : ma poitrine est trop pleine,

Et l'indignation enfle trop chaque veine

Pour que mon cœur brisé se taise plus long-temps.

Oui, l'anathême enfin jaillira de ma bouche,

Je veux marquer d'un sceau cette horde farouche

　　　De triomphateurs insultans.

C'est qu'à travers ces bruits, ces rumeurs effrénées,

Malgré l'impur limon qui souille nos années,

Quand tout s'abâtardit, les peuples et les rois,

Méconnu comme Dieu, le Christ restait notre hôte,

Et le cœur le plus fier, la tête la plus haute,

　　　Pliaient en face de la croix.

Et voilà qu'elle tombe, — et c'est quelques bras d'hommes
Qui s'en vont l'attaquer jusque sur ces vieux dômes
Où l'antique ferveur tant de fois éclata :
Elle tombe. — La foule haletante s'arrête,
Et, dans les plus hauts cieux, l'ange voile sa tête
      Devant un nouveau Golgotha.

La croix, signe de deuil et signe d'espérances,
Où l'on vit apparaître à travers les souffrances
Le Sauveur annoncé, l'Élu mystérieux.
La croix, signe divin, que toute langue nomme,
Où le dernier soupir de Jéhovah fait homme
      Rapprocha la terre des cieux !

Mais après tout, qu'importe une croix renversée ?...
Ton image est en nous brillante, ineffacée,
O toi, Dieu de nos cœurs qu'on ne saurait bannir ;
O Christ, soleil vivant dont le passé s'éclaire,
Et qui seul jette encore un faisceau de lumière
      Dans les ombres de l'avenir !

Ta merveilleuse foi que le vulgaire outrage
Est un grand monument cimenté d'âge en âge :
Hommes du siècle, en vain vous roidissez vos bras,
Le ciseau destructeur s'émoussera sur elle ;
Car elle est de tout temps. — Que peut l'aquilon frêle
    Contre les cimes de l'Atlas !

Va donc jusqu'au saint lieu, va donc, ô plèbe vile,
Frappe les croix du temple, arrache-les par mille,
Nos lèvres baiseront ces emblèmes meurtris :
On peut rompre l'airain, anéantir la pierre,
Mais on ne peut briser l'aile de la prière
    Qui s'élève sur des débris !

VII.

HYMNE DU SIÈCLE.

HYMNE DU SIÈCLE.

Le jour, voilà le jour. — Que sa lumière est molle!
Quels torrens de parfums sur les flots et dans l'air!
L'horizon qui se pare étend comme un éclair
Son manteau radieux sur la nuit qui s'envole.

    Éveillez-vous, fleurs de l'été,
Fleurs que le vent caresse à l'ombre de ces voûtes;

Et toi, la plus belle de toutes,
Éveille, éveille-toi, timide volupté!

Dies irae Dies illa,
Solvet seclum in favilla,
Teste David cum Sybilla.

Volupté, Volupté, toi seule nous consoles,
    Toi seule est le charme du cœur;
    Laissons le doute et la terreur
Au vulgaire abruti par ses visions folles :
Volupté, viens à nous, volupté, c'est ton jour;
Viens, et chassant la peur de l'éternel supplice,
    Que notre âme s'épanouisse
    Au rayon divin de l'amour.

Quantus tremor est futurus,
Quando judex est venturus,
Cuncta stricte discussurus!

Oh! l'amour, seul désir, seul besoin de nos âmes,

L'amour par qui je meurs; — accourez, blanches femmes,

    Accourez vite auprès de nous :

Répandez vos concerts sur ma tête amollie

Par les fleurs et les chants, jusqu'à ce qu'elle plie,

    Et retombe sur vos genoux.

    Tuba mirum spargens sonum

    Per sepulcra regionum,

    Coget omnes ante thronum.

Amis, je les entends. — Vous avez fait un signe,

Et leur troupe légère a rapproché ses pas,

    Plus gracieux qu'un vol de cygne;

Et, comme un lierre aimant, comme une tendre vigne,

    Leurs bras semblent chercher nos bras.

    Mors stupebit et natura

    Cum resurget creatura

    Judicanti responsura.

Héléna, Phalaïs, que m'importe la gloire,

La gloire, rêve ardent d'un cœur inoccupé,

Pourvu que mon front dorme entre vos mains d'ivoire

Dans quelque beau vallon riant comme Tempé?

> Liber scriptus proferetur,
> In quo totum continetur,
> Unde mundus judicetur.

Le chœur bruyant s'éloigne. — Écarte, ô bien-aimée,

Écarte ces rameaux mystérieux et frais;

Nous n'avons pour témoins que les vieilles forêts:

Écarte ces rameaux; — leur voûte refermée

    Ensevelira nos secrets.

> Judex ergo cum sedebit
> Quidquid latet apparebit,
> Nil inultum remanebit.

aisse, oh! laisse ta main tressaillir dans la mienne,

enche-toi sur mon cœur. — O gracieuse enfant!

ourquoi, lorsque mon bras t'enlace et te ramène,

    Pourquoi trembler comme le faon?

       Quid sum miser tunc dicturus?

       Quem patronum rogaturus

       Cum vix justus sit securus?

aisse, oh! laisse flotter le long de tes épaules

 . Tes cheveux qu'un doux parfum suit:

e crains pas, cher amour, — ce bruit, ce faible bruit,

e n'est qu'un jeune oiseau qui chante sous les saules.

aisse, oh! laisse flotter sur tes blanches épaules

    Tes cheveux plus noirs que la nuit.

       Rex tremendae majestatis,

       Qui salvando salvas gratis,

       Salva me fons pietatis.

Ah! devant cette ivresse où notre âme se plonge,
Terreurs de l'avenir, n'êtes-vous pas un songe?

    Recordare, Jesu pie,
    Quod sum causa tuae viae,
    Ne me perdas illa die.

Aimons, n'attendons pas que l'heure soit passée;
    Laissons une tourbe insensée
S'écrier qu'en ce monde il n'est pas une fleur,
Une seule où la main ne se sente blessée
    Par l'épine de la douleur.
Que nous importe à nous qu'au-delà de la tombe
Leur délirant effroi rêve une affreuse nuit?...
La vie est un flot pur qui ne court et ne tombe
    Qu'à l'Océan pur comme lui.

    Quaerens me sedisti lassus,
    Redemisti crucem passus,
    Tantus labor non sit cassus.

Atomes d'un instant, nés de la fange immonde,

Qui vous a dit que Dieu, ce suprême moteur,

Descendra jusqu'à vous de toute sa hauteur?...

Frères, qui vous a dit que son œil scrutateur

S'ouvre incessamment sur le monde?

Ah! vous rabaissez trop cet Être indéfini;

Ah! vous élevez trop l'homme, ce grain de sable,

Parcelle obscure et misérable,

Lancée à travers l'infini.

Juste judex ultionis,

Donum fac remissionis,

Ante diem rationis.

Mais le jour baisse, adieu! — Ta main m'échappe, arrête.

Oh! pourquoi ce cruel départ,

Pourquoi ce triste adieu jeté comme au hasard,

Et qui vient clore toute fête?...

Reste, oh! reste. — Mais non. — tu détournes la tête,

Et mon âme se meurt à ton dernier regard.

Ingemisco tanquam reus,
Culpa rubet vultus meus,
Supplicanti parce Deus.

La voilà déjà loin. — Oh! quittons cette place,
Cette place où mon œil ne doit plus la revoir;
Quittons-la. — Je ne sais, mais cet adieu me glace :
O mon âme, faut-il qu'un jour si beau s'efface,
    Et que le bonheur ait un soir!

Peccatricem absolvisti
Et latronem exaudisti;
Mihi quoque spem dedisti.

Tout s'éteint, — la nuit tombe, — un rideau s'amoncelle;
Plus de beauté riante au coup d'œil virginal,
Plus d'amour. — La nuit tombe, elle abat sa grande aile
Froide et silencieuse. — Oh! la nuit me fait mal.

Preces meae non sunt dignae,
Sed tu bonus fac benigne
Ne perenni cremer igne.

La nuit! — elle environne un ciel terne et sans flamme.
La nuit! — elle est partout et jusque dans mon âme.

Inter oves locum praesta,
Et ab haedis me sequestra,
Statuens in parte dextra.

Me voilà seul ici : — point de voix qui me nomme,
Point de regards autour. — Me voilà seul, j'ai peur :
Mon sein bat et se gonfle! — Ah! le destin de l'homme
Serait-il de trembler en face de son cœur?

Confutatis maledictis
Flammis acribus addictis,
Voca me cum benedictis.

Qu'ai-je entendu ?... D'où vient cette parole amère ?...
Quand j'ai crié : Bonheur! qui m'a crié : Chimère!

Oro supplex et acclinis,
Cor contritum quasi cinis,
Gere curam mei finis.

Chimère!... eh quoi! les vœux, les instincts de nos âmes,
Illusion semée à travers le chemin,
     Espoirs rians, secrètes flammes,
     Tout cela pâlirait demain!...
Nos plaisirs les plus doux se changeraient en crimes,
Fantômes qui prendraient place à notre côté,
     Aux rayons vengeurs et sublimes
     De l'immuable Éternité!...
Ah! chassons-le plutôt de ma lèvre tremblante
Ce mot d'éternité qui suit partout mes pas...
L'Éternité!... mensonge, image décevante!...
     Qu'un autre y croie et s'épouvante;
     L'Éternité!... Je n'en veux pas!

Lacrymosa dies illa
Qua resurget ex favilla.

Judicandus homo reus,
Huic ergo parce Deus!

L'Éternité!... vain nom que ma langue repousse!...
    Ah! l'existence oisive et douce,
Femmes et fleurs, voilà mon seul bien, mon seul vœu.
Revenez, revenez. — Oui, le ciel se colore. —

. . . .

Qu'ai-je aperçu?... d'où part cette sanglante aurore?...
Est-ce le jour?... Mais non; — si c'était l'autre... ô Dieu!

Pie Jesu Domine,
Dona eis requiem!

VIII.

SOUFFRANCES D'HIVER.

SOUFFRANCES D'HIVER.

Le souffle de l'automne a jauni les vallées,
Leurs feuillages errans dans les sombres allées
Sur le gazon flétri retombent sans couleurs.
Adieu l'éclat des cieux! Leur bel azur s'altère,
Et le soupir charmant de l'oiseau solitaire
    A disparu comme les fleurs.

AMOUR ET FOI.

L'aquilon seul gémit dans les campagnes nues :
Tout se voile ; les cieux, vaste océan des nues,
Ne reflètent sur nous qu'un jour terne et changeant :
L'orage s'est levé, l'hiver s'avance et gronde,
L'hiver, saison des jeux pour les riches du monde,
       Saison des pleurs pour l'indigent.

Oh! le vent déchaîné sème en vain les tempêtes,
Heureux du monde! il passe et respecte vos fêtes :
L'ivresse du plaisir embellit vos instans;
Et, malgré les hivers, vous respirez encore
Dans les tardives fleurs que vos soins font éclore,
       Un dernier souffle du printemps.

Et le bal recommence, et la beauté s'oublie
Aux suaves concerts de la molle Italie,
A ces accords touchans de grâce et de langueur;
Et, bercée à ces bruits qu'un doux écho prolonge,
Votre âme à chaque instant traverse comme un songe
       Tous les prestiges du bonheur.

Mais la douleur aussi veille autour de sa proie. —
Soulevez, soulevez ces longs rideaux de soie
Qui défendent vos nuits des lueurs du matin.
Hélas ! à votre seuil que verrez-vous paraître ?...
Quelque femme éplorée, ou bien encor peut-être
     Un vieillard tout pâle de faim.

Oh ! vous ne savez pas ce qu'on souffre à toute heure
Sous ces toits indigens, frêle et triste demeure,
Où l'aquilon pénètre et que rien ne défend :
Non, vous ne savez pas ce que souffre une mère
Qui, glacée elle-même au fond de sa chaumière,
     Ne peut réchauffer son enfant !

Non, vous n'avez pas vu ces fantômes livides
Sous vos balcons dorés tendre des mains avides ;
Le bruit des instrumens vous dérobe à moitié
Ce cri que j'entendais au pied de vos murailles,
Ce cri du désespoir qui va jusqu'aux entrailles...
     Oh ! pitié, donnez par pitié !

AMOUR ET FOI.

Pitié pour le vieillard dont la tête s'incline!
Pitié pour l'humble enfant! Pitié pour l'orpheline
Qu'un peu d'or ou de pain sauve du déshonneur!
Ils sont là, leur voix triste essaie une prière.
Dites : Resterez-vous aussi froids que la pierre
    Où s'agenouille la douleur?

Je le demande au nom de tout ce qui vous aime;
Je le demande au nom de votre bonheur même,
Par les plus doux penchans et par les plus saints nœuds;
Et, si ces mots sacrés n'ont pu toucher votre âme,
S'il faut un nom plus grand, chrétiens, je le réclame
    Au nom du Christ, pauvre comme eux.

Donnez : ce plaisir pur, ineffable, céleste,
Est le plus beau de tous, le seul dont il nous reste
Un charme consolant que rien ne doit flétrir;
L'âme trouve en lui seul la paix et l'espérance.
Donnez : il est si doux de rêver en silence
    Aux larmes qu'on a pu tarir!

Donnez : et quand viendra cette heure où la pensée,

Sous le vent de la mort languit tout oppressée,

Le frisson de vos cœurs sera moins douloureux ;

Et quand vous paraîtrez devant le juge austère,

Vous direz : J'ai connu la pitié sur la terre,

    Je puis la demander aux cieux !

IX.

RAYONS DE PRINTEMPS.

RAYONS DE PRINTEMPS.

Instinct capricieux, doux penchant, tendre rêve,
Souvenir dont l'ivresse est toute dans mon cœur;
Toi, qui reviens encor, sans me laisser de trêve,
Imposer à mon âme un fardeau de langueur,
Seul désir de cette âme, effroi de ma pensée,
O toi par qui je meurs et revis tour à tour,
Félicité suprême, espérance insensée,
Réponds-moi : Qu'es-tu donc, si tu n'es pas l'Amour?

Jamais! oh! non, jamais printemps qui recommence
Ne sema sous mes pas de plus fraîches couleurs :
Mon âme, libre enfin de sa longue démence,
Reprend la vie, et semble éclore avec les fleurs.
Que de fleurs dans les champs! quelle suave haleine!
Où suis-je?... Est-ce avril seul qui parfume le jour?
Et toi, charme inconnu dont la nature est pleine,
Réponds-moi : Qu'es-tu donc si tu n'es pas l'Amour?

Qu'on me laisse au désert : je retrouve une image
Jusque dans le bois sombre où j'aime à respirer;
Et là, quand le soleil s'endort sous un nuage,
Je m'arrête, et je sens le besoin de pleurer.
La nuit descend plus douce et j'en attendais l'heure;
Je ne sais quelle voix me parle au demi-jour.
O toi par qui je rêve, ô toi pour qui je pleure,
Réponds-moi : Qu'es-tu donc, si tu n'es pas l'Amour?

Les grands vallons, les bois, les collines brillantes,
Tout me rit, tout se pare et de lumière et d'or.

Un doux nom vient errer sur mes lèvres brûlantes;

Mais je n'ose le dire, il m'intimide encor.

Oh! je me livre à toi, vague instinct, douce flamme,

Reflet de mes beaux ans écoulés sans retour;

Reste en moi, mais réponds, ô toi qui prends mon âme,

Réponds-moi : Qu'es-tu donc, si tu n'es pas l'Amour?

X.

LE SOMMEIL

DE LA JEUNE FILLE.

LE SOMMEIL

DE LA JEUNE FILLE.

———

Parmi les franges d'or, sur l'oreiller soyeux,
La jeune fille, au soir, pose un front moins joyeux,
    Endort une âme moins charmée
Que dans l'humble hameau cher à son cœur aimant,
Où la fraîcheur des bois caresse doucement
    Son lit de mousse et de ramée.

AMOUR ET FOI.

La jeune fille heureuse en ce riant séjour,
Se couche dans les bois, ferme son œil au jour,
      Et puis se relève et s'élance,
Et quand parmi les fleurs ses doigts se sont joués,
Laisse flotter aux vents ses cheveux dénoués,
      Dénoués avec nonchalance.

La jeune fille encore aime à se rendormir
Dans la chaumière, à l'heure où se prend à gémir
      Le peuplier sous sa fenêtre :
Elle aime la nuit sombre, et sur les vitraux blancs,
Les rayons de l'aurore incertains et tremblans,
      Quand l'aurore commence à naître.

Son regard plus serein qu'une étoile des cieux,
Se ferme avec douceur : sur son bras gracieux
      Sa tête en murmurant s'incline;
Elle dort, son beau cou mollement replié,
Comme le passereau qui repose oublié
      Sur le gazon de la colline.

Et jusqu'au frais matin prolongeant sa langueur,
Le plus doux des sommeils environne son cœur
    D'espérance et de rêveries;
Elle parle, et sa voix n'est qu'un suave accord :
Heureuse si l'amour n'arrache pas encor
    Un nom de ses lèvres fleuries!

Et près du lit modeste embaumé de jasmin
Où brille seulement l'ivoire de sa main,
    Le silence accourt et se pose :
Il berce sa jeune âme exempte de soucis
Jusqu'à l'heure où l'aurore effleure ses longs cils
    Et son beau cou devenu rose.

L'aube fait place au jour : sa flamme rejaillit
De la blanche fenêtre aux rideaux de son lit,
    Et rend sa beauté plus touchante.
Elle s'éveille enfin : ouvrant ses yeux d'azur,
Elle s'éveille et part aux lueurs d'un ciel pur,
    Au bruit du rossignol qui chante.

Elle part : quel bonheur de courir, de voler,
Sous la verdure sombre, et de voir onduler
    Chaque arbrisseau, chaque ramée,
Quand le jour s'agrandit à l'horizon lointain,
Et que l'herbe étincelle aux flammes du matin
    Dans la prairie accoutumée !

Elle part : c'est alors surtout qu'il faut la voir
Mouiller un pied d'albâtre au courant du lavoir
    Dans l'allée humide et brillante,
Et, le front tout couvert des larmes de la nuit,
Secouer sur la feuille où chaque perle luit
    Sa chevelure ruisselante.

Et puis du sein des eaux retirant ses pieds nus,
Elle cherche, à travers des sentiers inconnus,
    Une route à demi frayée ;
Mais un bruit faible approche ; elle court, elle fuit,
Semblable dans son vol au ramier qu'on poursuit,
    A la tourterelle effrayée.

C'est qu'un rien l'épouvante, une ombre, un bruit de fleur ;

C'est que la jeune fille est comme le bonheur ;

   Tous deux charment, tous deux consolent,

Tous deux ont un parfum dont la grâce séduit :

On veut le respirer, mais au plus léger bruit

   Jeune fille et bonheur s'envolent.

XI.

SAINTE-HÉLÈNE.

SAINTE-HÉLÈNE.

(5 mai 1821.)

> Une tempête horrible accompagna
> ses derniers instans.
>
> HISTOIRE DE NAPOLÉON.

C'était la nuit, nuit sombre, étrange, merveilleuse;
Un nuage, abaissant sa ceinture houleuse,
　　Entourait l'île aux noirs abords;
Et sous l'épais rideau d'un horizon sans flammes,

La convulsive mer précipitait ses lames
    Qui râlaient en battant les bords.

Point d'astre à l'horizon; — l'orage, sous son aile,
Couvait, cette nuit-là, quelque œuvre solennelle;
    Les cieux n'osaient se découvrir,
Les cieux semblaient attendre, et l'île étroite et sombre,
Le front ceint de vapeurs, bondissait dans cette ombre,
    Comme un volcan prêt à s'ouvrir.

Mais par-dessus ces bruits, rumeur sourde et profonde,
Qu'on eût dit arrachée aux entrailles du monde,
    L'oreille distinguait un nom;
L'Océan l'exhalait dans sa langue sublime,
Et les arbres des bords criaient de cime en cime :
    Napoléon ! Napoléon !

Oh ! c'est qu'indifférente au trépas d'un autre homme,
La nature s'émeut quand le mourant se nomme

César, Alexandre ou Cromwell :
C'est qu'en des cœurs si forts, la sève du génie,
Le souffle créateur ne sort dans l'agonie
    Qu'avec les tempêtes du ciel.

L'avide conquérant qui rêva plusieurs terres
Se courbait à son tour : la mort aux larges serres,
    La mort l'avait pourtant étreint ;
Elle avait abattu ce front où tant d'années
L'univers appuya toutes ses destinées,
    Comme sur des bases d'airain.

Eh quoi ! c'est lui qui meurt, cet homme des tempêtes,
Ce génie éclatant qui sema ses conquêtes
    A travers toute nation !
Oh ! de quels souvenirs il a doté l'histoire,
L'histoire qui partout ressuscitant la gloire,
    Résume un siècle dans un nom !

Il apparaît : — le monde ébloui le salue;
Il soumet d'un regard la France irrésolue,
  La France encore à son réveil;
Redoutant les rayons de la Liberté prête
A conquérir le globe, il se lève et l'arrête,
  Comme Josué le soleil.

Voyez comme il est fort, même quand il commence,
Et de quelle hauteur incalculable, immense,
  Il domine le monde ancien;
Voyez son pas hardi sur la terre qu'il lasse,
Ces sceptres qu'il reprend, ces trônes qu'il déplace
  Avec son bras herculéen.

Voyez, devant l'Europe effarée, interdite,
Ces fantômes de rois qu'il entraîne à sa suite,
  Et qu'il gourmande d'un regard.
Il marche, et le sol tremble au bruit de ses batailles,
Et son épée inscrit sur toutes les murailles
  La sentence de Balthazar.

Et puis, c'est le désert où son coursier se plonge,

Et des combats si grands qu'ils paraissent un songe

     Dans leur éclat mystérieux :

Là, sont les vieux tombeaux que chaque siècle vante,

Et là, c'est encor lui, pyramide vivante,

     Qui se mesure en face d'eux.

Mais tout passe : l'étoile a pâli, le sort change...

O Dictateur ! pourquoi cette agonie étrange

     Qui dénoue un drame si beau ?...

S'il fallait qu'un linceul recouvrît le colosse,

Ah ! que ne prenais-tu pour dormir dans ta fosse

     Le suaire de Waterloo ?

C'était là, sous les yeux de la France usurpée,

Que tu devais t'abattre, et briser ton épée

     Dont l'éclair cessait d'être roi :

Ton trône éblouissant, qui touchait le nuage,

Ne pouvait tomber mieux qu'à ce dernier orage...

     Le gouffre était digne de toi.

C'était là ! — quel contraste ! ô fortune jalouse !

Mourir sans avoir vu la France son épouse,

    Et sa colonne et ses palais ;

Mourir le cœur tout plein d'une angoisse profonde,

Sur un coin de rocher à l'autre bout du monde...

    Mourir sur un chevet anglais !

C'en est fait : — le voilà qui, de sa couche sombre,

Jette un œil dédaigneux sur les fastes sans nombre

    De son empire triomphant :

·Cette âme, dont le vol dépassa toutes gloires,

Cette âme qui se fit un monde de victoires,

    Ne voit, ne rêve qu'un enfant.

Son enfant ! c'était là sa dernière pensée :

Son enfant ! c'est à lui que dans l'ombre glacée

    Il tendait ses bras au hasard :

Point d'enfant ! — Oh ! des pleurs sillonnaient sa paupière ;

Car il avait gardé les entrailles du père
    Dans sa poitrine de César.

Alors, se redressant sur le bord de la couche,
Il écouta : — des mots se pressaient dans sa bouche,
    Son sein haletant se gonflait ;
Et, comme l'ouragan secouait sa demeure,
L'homme-siècle comprit que c'était là son heure,
    Puisque le monde s'ébranlait.

Il expire ! — La foule avide, impatiente,
Vient saluer encor sa tête rayonnante
    D'une immuable majesté :
Puis le tombeau reçoit sous les vents et la pluie
Ce front prodigieux dont la terre éblouie
    Rêva long-temps l'éternité.

Mais on dit que des mers, on dit que des ramées,
La tempête apporta comme un grand bruit d'armées

Près du cercueil impérial;
Et l'île entière crut que toutes ses batailles
Accouraient à la fois grossir ses funérailles
De leur cortége filial.

Maintenant tout se tait sur le tertre sauvage,
Tout dort : l'étranger seul cherche à travers la plage
L'empreinte des pas du lion. —
O voyageur qui viens dans l'île solitaire
Ployer tes deux genoux sur les six pieds de terre
Qui dévorent Napoléon;

O voyageur pensif, si ton âme demande
Quel bras a pu courber cette taille si grande,
Quel souffle a pu l'anéantir;
Voyageur, souviens-toi qu'ici-bas rien n'est stable,
Et que le même vent qui broie un grain de sable
Déracina Babel et Tyr.

XII.

ÉPANCHEMENT.

ÉPANCHEMENT.

Oh! dis-moi, le sais-tu, mon seul bien, mon seul rêve,
Sais-tu que sur le sol où j'allais dépérir,
Un rayon de tes yeux a réchauffé la sève
　　De l'arbuste prêt à mourir?...

Sais-tu que ma pauvre âme, errante et solitaire,

Devina dans ton âme, à ses parfums de miel,

Une rose cachée, une fleur de mystère

    Épanouie au vent du ciel;

Et que j'ai vu par toi descendre à travers l'ombre

L'Amour, chaste lueur qu'aucun mortel ne fuit,

Et qui se vient poser sur un visage sombre,

    Comme l'étoile sur la nuit?

XIII.

BALLADE.

BALLADE.

—

Versailles, 1829.

L'aube vient blanchir la plaine ;
L'aube décolore à peine
Le crépuscule d'ébène,
Et vers l'horizon lointain,
Une brise parfumée
Poursuit comme la fumée
Les nuages du matin.

7

La fleur s'ouvre avec délice,

Et le rayon du jour glisse

Dans son humide calice

Où l'eau du ciel tremble encor;

Chaque fleur des champs scintille

Devant l'horizon qui brille

Comme un large océan d'or.

Et les familles ailées

Que la brise a réveillées

Voltigent dans les allées;

Et je m'arrête, et je vois

L'aube gracieuse et molle

Jeter sa blanche auréole

Sur le vieux château des rois.

Oh! que j'aime le feuillage,

Et ces rumeurs de village

Qui me font oublier l'âge,

Qui me parlent du berceau!

Oh! qu'aux lueurs d'un ciel rose
Le cœur doucement repose
Endormi par le ruisseau!

Mais où s'en va ma chimère?...
Adieu, palais et chaumière
Qu'embellit tant de lumière;
Adieu, village et manoirs!
Je vais, laissant tout pour elle,
Je vais où sa voix m'appelle,
Où m'attendent ses yeux noirs.

XIV.

HEURE D'AMOUR.

HEURE D'AMOUR.

Oh! rouvre tes grands yeux dont la paupière tremble,
    Tes yeux pleins de langueur;
Leur regard est si beau quand nous sommes ensemble!
Rouvre-les; ce regard manque à ma vie, il semble
    Que tu fermes ton cœur.

Que m'importe la vie et l'éloge ou le blâme,
      Et les fragiles biens,
Et tout ce qu'on espère, et tout ce qu'on proclame,
Pourvu que je t'écoute et que tes yeux, chère âme,
      Se plongent dans les miens;

Pourvu que, m'élançant vers le ciel où m'attire
      Le rayon de la foi,
Je redescende enfin, vaincu par ton sourire,
Jusqu'aux terrestres lieux qui ne pourraient suffire
      A mon âme sans toi!

XV.

ODE.

ODE.

Oui, la tempête est vaste et rude,
Tout déborde; — le flot vainqueur
Envahit chaque solitude
Où s'ensevelissait le cœur :
En vain changerions-nous de place,
En vain demanderions-nous grâce

Pour nos navires fracassés ;
Les cieux épaississent leur ombre,
Et je ne sais quelle voix sombre
Nous crie avec force : Avancez !

Avancez, car le divin maître
Fera de ce monde un lambeau ;
Car pour achever de renaître,
Il faut passer par le tombeau.
Il faut que tout se démolisse,
Et qu'une autre lave jaillisse
De ce cratère encor fumant.
Ce globe épuisé de blessures
N'en est qu'aux premières tortures
De son pénible enfantement.

Ne voyez-vous pas que l'orage
S'est abattu de tous côtés
Sur ce fragile échafaudage
De trônes et de majestés ?...

Ne voyez-vous pas que l'abîme
Engouffre à peine sa victime,
Qu'une autre s'ébranle à son choix;
Qu'aucune grandeur ne l'arrête,
Et que chaque vent de tempête
Jette aux écueils un flot de rois?

Ne l'entendez-vous pas bruire
Cet aquilon mystérieux,
Ce souffle empressé de détruire
Qui gronde de la terre aux cieux?
Ne l'avez-vous pas reconnue
Cette voix qui sort de la nue,
Voix plus perçante que l'éclair,
Qui rompt la torpeur où nous sommes,
Et fait s'entre-choquer les hommes,
Comme les moucherons de l'air?

Eh quoi! personne ne se lève
Contre la tempête et le vent!

Personne au flot qui nous soulève

Ne dispute un terrain mouvant !

Oh ! j'irai, — mon instinct m'y pousse, —

A travers la grande secousse

Dont le siècle est tout déchiré.

Cette vague qui prend sa proie,

Cet abîme hurlant de joie

Triomphe en vain : — je chanterai.

Je chanterai malgré l'orage,

Et debout sur l'étroit sillon,

J'opposerai, plein de courage,

Ma poitrine à ce tourbillon.

Ma voix, sans relâche et sans crainte,

Défendra la vérité sainte

Que le siècle cherche à ternir.

Il faut, quand tout meurt ou s'altère,

Que chacun apporte sa pierre

Au monument de l'avenir.

Eh bien ! ces hymnes sont la mienne,
C'est là l'œuvre d'un saint devoir ;
C'est là le cirque où Dieu m'amène,
Où je combattrai sans espoir.
Ainsi l'athlète infatigable,
Jeté de son haut sur le sable,
Le serre d'un genou puissant,
Lutte, se roule et lutte encore
Jusqu'à ce que le sol dévore
Sa dernière goutte de sang.

Or, ce n'est pas une chimère,
Un rêve, un décevant appel ;
J'ai vu dans l'insomnie amère
Les visions de l'Eternel. —
Que de fois sous le vent de flamme
J'ai senti fermenter mon âme
Et battre mon cœur agrandi !
Que de fois j'ai mordu ma couche,
Comme le lionceau farouche
Sous l'ardent éclair du midi !

Et maintenant je la dédaigne
La vie où j'ai bu tant de pleurs;
Et je chante, et quand mon cœur saigne,
Je me dis : Regardons ailleurs.
La vie! oh! c'est un jour de fièvre,
Elle dessèche plus la lèvre
Que l'athmosphère de Zhara :
Oh! j'en aspire une meilleure,
Et je saurai, quand viendra l'heure,
La jeter à qui la voudra.

Il est vrai que la route ardue
Souvent déchirera mes pieds,
Et que ma voix inentendue
Répandra des sons oubliés.
Mais que m'importe? avec droiture
J'aurai rempli ma tâche obscure,
Et l'oubli m'affligera peu.
La gloire (oh! mon cœur en tressaille),
La gloire a-t-elle rien qui vaille
L'auréole qui vient d'un Dieu!

Une âme! que j'arrache une âme

A ces ténèbres de la mort;

Voilà le prix que je réclame,

Voilà le but d'un long effort.

Une âme qui pleure et qui souffre,

Une âme errante au bord du gouffre

Formidable et silencieux :

Une âme, une âme que j'entraîne,

Et ma carrière sera pleine

Et j'aurai vécu pour les cieux !

XVI.

A MONSIEUR

ALPHONSE DE LAMARTINE.

*

A MONSIEUR

ALPHONSE DE LAMARTINE.

Ainsi, malgré nos jours de force et de lumière,
Cette reine des temps, la Poésie altière,
Vient de subir encor leur profanation,
Alphonse, et le dédain s'étend jusqu'à toi-même;
Tu n'iras pas t'asseoir à ce banquet suprême
    Des élus de la nation.

Triomphe étrange! en vain quand la lutte s'engage,

Tu donnais ton génie et ta gloire pour gage,

Ils lancent l'anathème à des titres si beaux :

Qu'importe ?... à leur tribune où ta gloire est absente,

Si tu ne montes pas, ta voix libre et puissante

    En aura-t-elle moins d'échos?

Ah! ta tribune, à toi, c'est la grande montagne

Où, quand tu vas rêver, l'aigle seul t'accompagne;

C'est l'Apennin désert, l'Océan solennel;

C'est le vieux lac bleuâtre où tu guidais Elvire,

Où tu chantais debout sur ton frêle navire,

    Et face à face avec le ciel.

Le ciel!... ta vie est là, chaque voix t'y réclame;

Il n'est qu'une demeure au niveau de ton âme.

Oh! n'abandonne pas ces belles régions,

N'en descends pas : veux-tu sur un globe de fange

Offrir à tous les yeux le spectacle de l'ange

    Découronné de ses rayons?

Non; — mais, fort de ta gloire et pur de toute crainte,
Tu venais, appuyé sur la liberté sainte,
Contenir en son nom le flot dévastateur :
C'est que, jugeant de haut la tempête où nous sommes,
Tu voulais tôt ou tard courber tous ces fronts d'hommes
    Devant la croix du Rédempteur.

Ils ne l'ont pas compris ! eh bien ! au flot qui gronde
Tu n'auras pas du moins mêlé ta voix profonde,
Tu restes dans l'espace où ton génie est roi :
Relève donc ton âme et prends la lyre, ô maître !
Le siècle où nous vivons t'échappera peut-être,
    Mais l'avenir est plein de toi.

C'est en vain qu'aspirant à sa sphère inconnue,
Le poëte, debout, touche du front la nue ;
Qu'est-ce pour le vulgaire insensible témoin ?
La taille du géant trompe ses yeux timides,
Le poëte est semblable aux vieilles Pyramides
    Qu'on ne mesure que de loin.

AMOUR ET FOI.

Aussi, las de combattre un torrent qui l'entraîne,
L'Homère des martyrs vient de quitter l'arène;
Il part, il cherche ailleurs la terre du sommeil :
Comme le grand vautour blanchi par les années
Qui change, pour finir ses hautes destinées,
    Et de montagne et de soleil.

Juillet, 1831.

XVII.

VOUS N'AVIEZ PAS AIMÉ...

VOUS N'AVIEZ PAS AIMÉ...

Vous n'aviez pas aimé : — ce transport ingénu,
Cette extase de cœur, gracieuse merveille,
Ce frais enivrement d'une âme qui s'éveille,
Vous l'ignoriez encor quand vous m'avez connu ;
Vous n'aviez pas aimé : — votre existence heureuse
S'en allait comme un flot sous les gazons qu'il creuse,
Comme un flot transparent qui, dans son lit obscur,
Se dérobe avec crainte aux baisers d'un jour pur ;

Vous n'aviez pas aimé : — jamais la rêverie

N'étendait près de vous son voile de féerie ;

Jamais le souvenir plus séduisant encor

N'offrait à vos regards ses illusions d'or,

Et comme un ciel lointain n'entr'ouvrait le mystère

De ces ravissemens qui font aimer la terre.

Vous marchiez sans songer qu'il fût des jours meilleurs,

Vous ignoriez encor le délice des pleurs,

Vous ne compreniez pas que le ciel nous envoie

Des tristesses sans nom plus douces que la joie :

Votre âme en ses instincts n'eût jamais deviné

Ce que l'ombre a de charme au bois abandonné,

Et ce qu'un ruisseau pur qui tombe goutte à goutte

Soupire quand le cœur d'une amante l'écoute.

Le retentissement, le souffle aérien

Des brises sur les fleurs ne vous apprenait rien.

Votre âme indifférente à leurs voix dispersées

N'y trouvait pas l'écho de ses jeunes pensées ;

C'est en vain que la terre à chaque instant du jour

Murmurait d'elle-même une langue d'amour,

Une langue du cœur, ineffable délire,

Qu'on ne peut écouter sans pleurer et sourire ;

Vous ne l'entendiez pas ce langage embaumé

Dont les cieux sont jaloux; vous n'aviez pas aimé.

Et quand je vins plus tard, quand un air de souffrance

Se peignit dans mes yeux qui vous priaient d'avance,

Quand par un ciel d'automne, au plus profond des bois,

Je fis parler mon âme à défaut de ma voix,

Oh! c'est alors qu'heureuse, et fuyant tout le reste,

Vous comprîtes l'amour dans sa hauteur céleste;

C'est alors que vos yeux parurent s'animer,

Et c'est alors surtout que votre âme ravie,

En apprenant l'amour, crut respirer la vie

Pour la première fois; — car vivre, c'est aimer.

XVIII.

PEINE DE MORT.

PEINE DE MORT.

———

A M. MAXIMILIEN RAOUL.

Homicide point ne seras.

Un vent s'est élevé; c'est le vent des ruines :
Il ébranle les tours jusque dans leurs racines,
Il sème la douleur et la destruction.
Dépouillant chaque roi de sa haute tutelle,
Il le descend au char de son peuple et l'attelle
  Sous le fouet de la nation.

9

Un vent s'est élevé; — plus prompt que l'avalanche,
Il tombe sur sa proie, et toute grandeur penche.
Son souffle est tout-puissant sur les peuples virils;
Il les pousse au combat, il frappe trône et temple,
Et, pâle de terreur, l'homme qui les contemple
       Se dit à lui-même : Où vont-ils?

Arrête : ce n'est pas ces royautés tremblantes
Qu'il te faut secouer de tes mains violentes,
Peuple !... Il en est une autre, — implacable fléau,
Une seule te ronge... Oh! dans ces jours de crise,
Peuple victorieux, que ton bras fort la brise...
       C'est la royauté du bourreau!

Oui, qu'elle tombe et rampe à jamais abattue
La royauté de l'homme à qui la loi dit : « Tue. »
Législateurs du siècle, hâtez-vous d'en finir;
Foudroyez-la, frappez jusqu'aux racines mêmes,
De peur qu'un sort fatal n'imprime à vos fronts blêmes
       Le sceau rouge de l'avenir;

De peur que le remords ne soit votre supplice;

De peur que, rejetant la pierre accusatrice,

Les mânes fraternels ne se lèvent enfin,

Et qu'une voix d'en haut, vengeresse et profonde,

Ne vous condamne à fuir sur les routes du monde,

    Stigmatisés comme Caïn !

Eh ! pourriez-vous laisser ce farouche vampire

Sucer le peuple au cœur jusqu'à ce qu'il expire !

O juges de la terre, est-ce là votre emploi?...

Ne laverez-vous pas cette hache empourprée;

L'hérédité du meurtre est-elle donc sacrée,

    Qu'on ne puisse en purger la loi ?

Seule est-elle de fer quand tout le reste change?...

Faut-il que l'échafaud, par un contraste étrange,

Se tienne seul debout sur un terrain glissant?...

Répondez-moi, faut-il qu'à vos chartes sans nombre,

Toujours et malgré tout la fatalité sombre

    Impose le cachet du sang ?...

Le sang! rien ne l'absout le sang! rien ne l'efface:
Le plus haut monument meurt sans laisser de trace;
Le sang ne vieillit pas, lui seul est immortel.
O vous qui dépouillez le scrupule et le doute,
Avez-vous jamais su ce qu'en pèse une goutte
     Aux balances de l'Éternel?

Savez-vous la valeur d'une tête ravie?
Savez-vous seulement ce que c'est que la vie,
Ce souffle merveilleux qu'un Dieu se réserva?...
Quand votre arrêt tombait sur un être fragile
Songiez-vous que ce corps dont vous rompiez l'argile
     Reçut l'âme de Jéhovah?...

Législateurs si fiers de terrasser le crime,
Quel secret besoin d'âme ou quel instinct sublime
A fait germer en vous cet orgueil qui surprend?
Quand vos avides mains s'emparaient de la hache,
Vous êtes-vous senti pour cette rude tâche
     Le bras plus fort, le cœur plus grand?

Hélas! non; — même ennui, même douleur vous blesse ;
Vous êtes comme nous; une égale faiblesse
Arrête au moindre choc votre pas languissant :
Ce bras, ce frêle bras que vous chargez du glaive,
Tremble comme le nôtre, et comme lui se lève
    Aux cieux d'où le pardon descend.

Et cependant c'est vous, vous, créatures vaines,
Qui mutilez la chair, qui tarissez des veines,
Qui chassez d'ici-bas un céleste flambeau ;
Vous, vassaux de la mort, vous, à qui Dieu ne donne
Que cet air et ce jour qui ne manque à personne,
    Et la mesure d'un tombeau.

Ah! rayez de vos lois cette erreur insolente :
Arrachez-vous enfin d'une ornière sanglante
Que le siècle maudit dans sa virilité.
Il n'existe qu'un droit, c'est celui de clémence.
Le droit qui frappe et tue, est trop haut, trop immense
    Pour votre frêle humanité.

Législateurs, s'il faut qu'une autre voix réponde,

L'histoire est là; l'histoire immuable et profonde

Qui couvre l'avenir d'un reflet accablant.

Interrogez de l'œil ses pages encor teintes...

Oh! que de nobles cœurs, que de victimes saintes

    Ont gravi l'échelon sanglant!

Eh bien! quand vous saignez les flancs de la Patrie,

Tout ce peuple des morts se redresse et vous crie :

« Anathème à celui qui fait le bourreau roi!

« L'éternité l'attend, l'éternité le nomme;

« Anathème à qui met la hache aux mains d'un homme,

    « Et l'assassinat dans la loi! »

XIX.

MALHEUR!

MALHEUR!

Malheur! la terre est vide et n'a plus de prophète;
Malheur! elle n'a plus de voix forte qui jette
    L'anathème aux ailes de feu.
Le sol ne reçoit plus la divine semence,
Et cependant voyez! — la foule recommence
    A crucifier l'Homme-Dieu!

AMOUR ET FOI.

Temple et vertu, tout meurt.—Ah! dans nos jours de crise
Que n'ai-je un des rayons qui couronnaient Moïse
  Quand Jéhovah le vint chercher!
Que ne l'ai-je surtout cette verge féconde
Qui creusait jusqu'au marbre et fit bouillonner l'onde
  Dans les entrailles du rocher!

Ah! j'irais comme lui t'interroger en face,
O siècle dont le cœur est de bronze ou de glace;
  J'irais me dresser devant toi,
Calme et seul, et du bout de ma baguette austère
Je frapperais ton sein comme il frappait la pierre,
  Et j'en ferais jaillir la foi!

XX.

ABANDON.

ABANDON.

Me voilà seul encor. — La fraîcheur de l'année,
Son parfum passe en vain sur ma tête inclinée.
      O parfum, ô fraîcheur,
Laissez-moi : — je n'ai plus ma jeune fiancée,
Et rien n'arrachera cette pierre glacée
      Qui pèse sur mon cœur.

AMOUR ET FOI.

Rien ne me distraira, pas même sur la branche
Cet oiseau gracieux, cette colombe blanche
    Qui fuyait les hivers;
Pas même le soupir descendu des ramées,
Et pas même ces fleurs, étoiles parsemées
    Au bord des gazons verts.

Seul encor. — Ah! ce mot redouble ma tristesse :
Si mes lèvres sentaient quelque goutte d'ivresse,
    Ce mot viendrait l'aigrir. —
Que faire quand le cœur perd son reste de flamme,
Quand le mal a touché les racines de l'âme,
    Et qu'on se sent mourir?

Seul encor. — Si du moins j'obtenais en échange
De tant de pleurs versés, le bonheur de cet ange
    Que j'ai vu dans l'effroi!
Mais, non; — mon triste adieu ne l'aura point calmée,
Hélas! et je sais trop qu'elle est tout alarmée
    Quand elle songe à moi.

O Vierge, endormez-la; consolez-la, Marie;
Fermez jusqu'au matin sa paupière tarie,
    Sa paupière sans pleurs,
Endormez-la; — cette âme a besoin de prestige;
Ne laissez pas les vents secouer sur sa tige
    La plus frêle des fleurs.

Semez devant son œil fatigué de la terre
Ces visions d'en haut qu'aucun voile n'altère
    Et qu'on ignore ici;
Montrez-lui dans les cieux sa brillante couronne,
Montrez-lui dans les cieux sa place qui rayonne
    Auprès d'Adonaï.

Et quand l'aube revient peupler l'horizon vide,
O Vierge, recueillez sa prière limpide
    Comme un reflet de jour;
Et le soir, laissez-la, cette abeille si pure,
Rapporter pour trésor dans sa cellule obscure
    L'espérance et l'amour;

L'espérance du cœur qui soutient et console,

L'espérance qui place au fond d'une parole

      Un miel délicieux;

L'espérance et l'amour, l'amour, ce divin rêve,

Le plus puissant de tous, le seul qui nous élève

      A la hauteur des cieux!

XXI.

CALIBAN.

CALIBAN.

Quand l'homme d'Albion que l'univers réclame,
Quand le Barde eut créé d'un souffle de son âme
Le sylphe aux ailes d'or, le brillant Ariel,
Il voulut à la fois, par un contraste étrange,
Placer l'impur démon face à face avec l'ange,
  Et l'enfer près du ciel;

Et tandis qu'avec l'aube Ariel, faible encore,

Cueillait au flanc des monts les larmes de l'aurore,

Le souverain poëte abaissa son élan;

Il plongea le regard dans cette fange humaine,

Et d'une main hardie il jeta sur la scène

   L'horrible Caliban.

Caliban, qu'un instinct de brute et de sauvage

Ramène avec amour au plus vil esclavage,

Qui flaire un lac fétide et s'y roule aussitôt;

Caliban qui se plaint, qui hurle, qui se traîne,

Caliban, monstre informe, où ne survit qu'à peine

   L'étincelle d'en haut.

Caliban, — c'est le siècle enivré de blasphème,

Dont le rire stupide atteint la vertu même,

Qui se vautre au soleil sans pensée et sans vœu :

C'est le siècle à genoux vers quelque idole infâme,

Le siècle accoutumant ce qui lui reste d'âme

   A renier son Dieu.

C'est le vice hideux dans sa vérité crue

Qui court tremper sa lèvre à l'égout de la rue,

Qui marche renversant tout ce qu'on éleva ;

C'est l'homme dégradé que sa bassesse accable,

L'esprit devenu chair, l'emblème misérable

     D'un monde qui s'en va.

Regardez, — admirant son image grossière,

Il ne voit dans les cieux que nuit et que poussière ;

Il jette aux plus grands noms l'anathème moqueur :

Il s'acharne à flétrir de son impur langage

Ces chastes passions, trésor du premier âge,

     Virginité du cœur.

Point d'âme qu'il n'abreuve et de fiel et d'absinthe ;

Il dépouille l'enfant de sa pureté sainte,

L'enfant même ! — La femme... il l'attaque à son tour ;

Se ruant sur ce cœur qui n'a d'égal que l'ange,

Il voudrait arracher jusqu'à son dernier lange

     D'innocence et d'amour.

Oh! qu'il soit un cœur pur, un de ces cœurs sans tache,

Sanctuaire sublime où la vertu se cache,

Comme un oiseau tremblant que poursuit l'aquilon;

C'est là qu'il vient, c'est là qu'il darde un trait plus ferme,

Et c'est là qu'il épanche à pleines mains le germe

       De la corruption.

Et quand il est vainqueur, quand il a vu sa proie

Abandonner le seuil de la céleste voie,

Un cri rauque et joyeux s'échappe de son sein;

Et l'âme la plus faite à ses chants de blasphème

Écoute avec terreur ce cri qui n'a pas même

       Quelque chose d'humain.

C'est en vain qu'il revoit chaque jour ce grand livre,

La nature, où Dieu parle et nous enseigne à vivre,

Son imbécile orgueil le repousse à l'instant:

Car du livre profond dont la hauteur l'effraie,

Les seuls mots qu'il ait lus, les seuls mots qu'il bégaie

       Sont matière et néant.

L'aspect du bien le lasse : il étendra sa serre

Sur tout ce qu'on admire et tout ce qu'on vénère ;

Que le temple s'écroule, il voudra plus encor.

Son triomphe est de voir la vertu flagellée,

Orpheline qu'on heurte, et qui tombe foulée

   Par le vice aux pieds d'or.

Ne parlez pas de ciel, de gloire, de génie ;

Il s'adore lui seul dans sa force infinie,

Le reste ne vaut pas qu'on lui consacre un vœu.

Regardez ce qu'il montre, écoutez ce qu'il nomme,

Et vous verrez partout l'homme en face de l'homme

   A la fois prêtre et Dieu.

A la fois prêtre et Dieu, — car cette foule oisive,

Ce peuple entier qu'il mord de sa dent corrosive

L'entoure et le salue avec un fol élan :

Courage, hurle-t-elle à ce despote immonde,

Ton génie est si haut qu'il écrase le monde ;

   Courage, ô Caliban !

Et Caliban sourit, et Caliban se roule,

Dans sa joie insensée, au travers de la foule;

Il est fier, il se dresse, il répond : Me voilà!

Et l'orgueil fait bondir le stupide colosse.

— Il ne s'aperçoit pas qu'il danse sur sa fosse,

      Et que Satan est là!

Oh! dans ces jours de crise où l'âme n'a plus d'ailes,

Qu'on ne s'étonne pas si dans les cœurs fidèles

Le plus brillant espoir s'éteint comme un flambeau;

Si l'on prend en pitié les choses de la vie,

Et si l'on ne voit plus qu'avec un œil d'envie

      La pierre du tombeau!

XXII.

REPROCHES.

REPROCHES.

Elle a dit : Laissez-moi ; pourquoi me troubler l'âme,
Pourquoi de mon beau ciel me dérober l'azur ?...
Vous le savez, mon cœur est mort à toute flamme,
Laissez-moi ; j'ai besoin d'un avenir si pur !

Je veux que dans la tombe un doux regret me suive,
Et qu'on me pleure absente, et qu'un saule embaumé
Couvre auprès de ma cendre une femme pensive,
Je veux surtout qu'on dise : Elle n'a pas aimé.

Le passé de ma vie où mon cœur se replonge
Ne connut pas l'amour et n'eut rien de cruel.
Ne suis-je plus l'enfant qui s'envolait en songe
Avec la feuille errante, avec l'oiseau du ciel?

Laissez-moi; croyez-en cette larme dernière,
Ce douloureux aveu que m'arrache l'effroi.
Oh! ne m'enviez pas le repos que j'espère;
Je ne vous ai que trop écouté : laissez-moi !

—Moi vous fuir!... ô mon âme, est-ce ainsi que l'on aime?
Sont-ce bien là des mots sortis de votre cœur?
Ah! j'en appelle encore à lui contre vous-même,
Et mon étonnement pardonne à la douleur.

Vous fuir !... oh ! souffrez-moi près de vous ; ange ou femme,

Vous le savez, sans vous je ne vis qu'à moitié :

Qu'un dernier sentiment retienne encor votre âme ;

Si ce n'est pas l'amour, que ce soit la pitié.

Et quand je vous fuirais, croyez-vous que j'oublie

Ces momens que nous ôte un sort capricieux,

Où vous jetiez vos pleurs sur ma mélancolie,

Où ce monde avec vous prenait l'éclat des cieux ?...

Ma vie est un flambeau dont la lumière tremble

Sur un reste de jours languissans et bornés ;

Il se ranimera si nous restons ensemble,

Il s'éteindra demain si vous m'abandonnez.

XXIII.

LA MORT DE ...

LA MORT DE...

Pourquoi donc ce silence et ces larmes cachées ?
Quel deuil est descendu sur vos têtes penchées ?
Dites-le moi ; d'où naît cette amère douleur ?...
Ah ! je vous comprends trop ; la mort à qui tout cède,
La mort vient d'arrêter sur sa couche encor tiède
        Les battemens d'un noble cœur.

11

Il n'est donc plus ! les cieux l'ont retiré du monde ;
Lui qui trouvait un port dans sa vertu profonde,
Lui dont le zèle ardent a dévoré les jours ;
Lui qui par-dessus tous, facile à reconnaître,
Vécut humble et passa comme le divin-maître,
     Priant et pardonnant toujours.

Ainsi, malgré nos pleurs, quand vient l'instant suprême,
La pierre des tombeaux s'ouvre au juste lui-même,
Il expire. — Belle âme, oh ! pourquoi t'envoler ?
Où vas-tu ? ta carrière est-elle donc remplie ?
N'est-il plus ici-bas d'indigens qu'on oublie,
     De cœur souffrant à consoler ?

Tu pars : que deviendront dans leurs longs jours d'épreuve
Le vieillard sans appui, l'orphelin et la veuve ?
Vers quels yeux désormais lèveront-ils leurs yeux ?
Trouveront-ils encore un bras qui les soutienne,
Et surtout une voix douce comme la tienne
     Pour montrer le chemin des cieux ?

Ah! tu n'as pu mourir sans regretter le charme
De soulager un cœur, d'essuyer une larme ;
Les ivresses des cieux ne l'effaceraient pas.
Et puis les cœurs aimans ne brisent qu'avec peine
Tous ces nœuds doux et chers dont l'existence est pleine,
    Seules délices d'ici-bas.

C'est que loin des grandeurs dont le fol éclat brille
La vie est belle au sein d'une tendre famille ;
C'est qu'entouré de joie on veut s'endormir tard ;
C'est qu'on se voit aimé, c'est qu'on est fier de l'être.
Car de jeunes enfans, douces fleurs qu'on vit naître,
    Sont la couronne du vieillard.

Félicité du cœur séduisante, ingénue,
Il t'avait pressentie et ne t'a pas connue ;
Il n'aura pas vieilli comme un antique aïeul.
Proscrit dès le berceau, le vent de la tempête
Avant le temps et l'âge a dû blanchir sa tête :
    Qu'il dorme au moins dans son linceul.

Qu'il dorme... il acheva toutes ses destinées;

L'exil et la douleur ont doublé ses années;

Il n'est tombé trop tôt que pour ceux qui l'aimaient.

Ces âmes-là toujours sont promptement ravies :

S'il a succombé jeune, il a vécu deux vies

Pour les cieux qui le réclamaient.

Et moi, que son nom seul fait tressaillir encore,

Dirai-je qu'abattu par l'ennui qui dévore

Bien loin du sol natal son âme m'entendit?

Moi qu'il trouva mourant d'une tristesse amère,

Sur un lit de douleur où j'appelais ma mère

Sans que ma mère répondît.

Moi dont aucune main ne pressait la main pâle,

Tandis que le rayon d'une lampe fatale,

Comme un témoin funèbre éclairait ma langueur.

Moi, relevant à peine une tête affaissée,

Moi, poëte et puisant une ardeur insensée

Dans tous les rêves de mon cœur.

Il vint, il murmura sur ma tête flétrie

Ces mots consolateurs de mère et de patrie;

Il parla de retour et de retour joyeux.

Il me montrait de loin un bonheur sans mélange,

Et j'endormais mon âme. — Aurais-je cru que l'ange

Retournerait si vite aux cieux!

XXIV.

INQUIÉTUDE.

INQUIÉTUDE.

Elle a des yeux si beaux, des traits si veloutés,
Que malgré mon bonheur j'éprouve à ses côtés
    Un sentiment mêlé de crainte.
Tout m'agite; mon cœur, lorsque je l'aperçois,
S'émeut jusqu'à l'extase: il semble que je sois
    Auprès d'un ange ou d'une sainte.

C'est un charme suprême : oh! j'essaierais en vain

De révéler alors ce qu'il a de divin;

　　Ma voix se trouble et s'inquiète.

Ce n'est qu'aveux confus, que mots balbutiés,

Quand j'effleure sa main, quand, assis à ses pieds,

　　Je l'écoute quoique muette.

Et puis elle est si pâle et si frêle à la fois,

Que je n'ose qu'à peine interroger sa voix

　　Pour obtenir un mot de flamme;

Et qu'entraîné souvent par l'instinct de mon cœur

A lui tendre les bras, je m'arrête, j'ai peur

　　Qu'un baiser ne prenne son âme!

XXV.

DERNIER APPEL.

DERNIER APPEL.

Et je disais : « Le vent se lève, voilà l'heure
« Où le vent d'hiver fait bondir chaque demeure :
« C'est un flot rugissant qui n'a point de reflux.
« Le vent gronde, il secoue, il abat d'une haleine
« Et les feuilles de l'arbre et les fleurs de la plaine,
　　　　« Hélas ! et le pauvre encor plus.

« O vous que rien n'alarme, ô vous que rien ne blesse,

« Vous dont l'hiver encore est chargé de mollesse,

« Sybarites du monde, éveillez-vous enfin.

« Écoutez, écoutez, car au milieu de l'ombre

« J'entends la sourde voix d'un accusateur sombre,

    « Le cri, l'affreux cri de la faim ! »

Et mon doigt leur montrait la vieillesse abattue,

L'orpheline en haillons que la faim prostitue;

Et le peuple, le peuple errant de tous côtés,

Moins heureux que la brute au fond de sa tanière,

Le peuple à qui tout manque et qui gratte la pierre

    Aux carrefours de nos cités.

Mais ils n'écoutaient pas. — O puissans de ce monde,

Vous n'êtes point sortis de votre paix profonde,

Et le peuple à genoux se débat comme alors.

Comme alors vous riez de ses larmes brûlantes,

Et vos festins honteux, vos tables insolentes

    Vous les installez sur son corps !

Oh! si vous l'accablez, si vous frappez sa tête,

S'il rampe, ce n'est point la terreur qui l'arrête,

Ni les piéges nombreux que vous avez semés,

Ni ce chaos de lois, chancelante barrière...

— Oh! rendez plutôt grâce au Dieu de la prière,

    A ce Christ que vous blasphémez!

XXVI.

RÊVERIE D'ÉTÉ.

RÊVERIE D'ÉTÉ.

Oh! dans les longues soirées,
A ces heures désirées
Où l'oiseau n'a qu'un seul chant,
Où le ciel devient sonore,
Où tout l'éclat de l'aurore
Est vaincu par le couchant.

AMOUR ET FOI.

Quand sur les pelouses vertes
Qu'un léger voile a couvertes
Le calme est enfin venu;
Quand tous les rayons s'éteignent,
Et que les cloches se plaignent
Dans leur langage inconnu.

O ma pensée, ô ma vie,
Sais-tu bien ce que j'envie,
Ce qu'il me faut, ô ma sœur?...
Sais-tu, dans mes vœux de flamme,
Sais-tu ce que je reclame
Jusqu'à me briser le cœur?...

Ce n'est point, ô bien-aimée,
Cette boucle parfumée
Qui voltige sans lien.
Non, — ta voix me l'a promise,
Et le souffle de la brise
La caresse avant le mien.

Ce n'est point l'humble anémone
Qu'au ruban qui l'environne
J'arracherais comme hier;
Ce n'est point une parole,
Un sourire qui s'envole,
Un regard, fragile éclair.

Mais quand le feuillage ondule
Aux rayons du crépuscule,
Je voudrais à ton côté,
Je voudrais, ô douce femme,
Retremper encor mon âme
Dans les brises de l'été.

Là-bas, où l'ombre est si tendre,
Je voudrais ne rien entendre
Que nos battemens de cœur;
Ne rien voir sous le platane
Que tes grands yeux de sultane,
Et mourir de mon bonheur!

XXVII.

AURORE.

AURORE.

—

Où vas-tu, souffle d'aurore,
Vent de miel qui vient d'éclore,
Fraîche haleine d'un beau jour ?...
Où vas-tu, brise inconstante,
Quand la feuille palpitante
Semble frissonner d'amour ?

Est-ce au fond de la vallée,

Dans la cime échevelée

D'un saule où le ramier dort?

Poursuis-tu la fleur vermeille,

Ou le papillon qu'éveille

Un matin de flamme et d'or?...

Va plutôt, souffle d'aurore,

Bercer l'âme que j'adore :

Porte à son lit embaumé

L'odeur des bois et des mousses,

Et quelques paroles douces

Comme les roses de mai.

XXVIII.

REGRET D'AUTREFOIS.

'REGRET D'AUTREFOIS.

—

Je l'aimais : — oh! c'était de cet amour d'enfant

Qu'on peut montrer sans crainte et que rien ne défend

  A l'âme triste et combattue.

Ce n'était que délice et suave douceur;

Ce n'était pas l'amour qui dévore le cœur,

  Ce n'était pas l'amour qui tue.

Je l'aimais. — Son regard suivait partout mes yeux,

Et je quittais la foule, et la terre et les cieux

    M'environnaient de son image :

Le nuage en ses plis, l'onde en son pur miroir

Cachaient ma bien-aimée, et les anges du soir

    La balançaient dans le feuillage.

Hélas ! je ne suis plus ce que j'étais alors ;

Et de ces doux élans, de ces divins transports

    Qui changeaient ma vie en extase,

Il ne m'est demeuré qu'un souvenir au cœur ;

Comme un dernier parfum, comme un reste d'odeur

    Qui s'attache aux parois du vase.

XXIX.

CHASSE GOTHIQUE.

CHASSE GOTHIQUE.

En avant, en avant! — La biche épouvantée
Cherche au fond des taillis sa retraite écartée,
Mais le bruit de ses pas la livre aux chiens ardens :
Le tumulte grandit et la meute s'élance,
Et le fracas des pins que l'aquilon balance
    Se mêle à leurs cris discordans.

13

En avant, en avant! — Comme de sourds orages
Les cors ont retenti d'ombrages en ombrages;
La meute se disperse; en avant, chevaliers!
Le cor parle au chasseur d'audace et de victoire;
Le cor, au fond des bois, est un appel de gloire
    Qui fait bondir les destriers.

    Or venez, dames jalouses
    Qui vouliez cacher vos traits;
    Approchez sur les pelouses,
    Vos cavales andalouses
    Vous attendront ici près :
    Une ballade est si douce
    Lorsqu'on l'entend sur la mousse,
    En regardant les forêts!

    Que vos tresses parfumées
    Flottent librement ici;
    Suspendez, dames aimées,
    Vos voiles à ces ramées

Où brille un jour adouci :
Vous pourrez pleurer sans crainte
En écoutant la complainte
De monseigneur de Couci.

En avant, en avant ! — Comme de sourds orages,
Les cors ont retenti d'ombrages en ombrages,
La meute se disperse ; en avant, chevaliers !
Le cor parle au chasseur d'audace et de victoire ;
Le cor, au fond des bois, est un appel de gloire
    Qui fait bondir les destriers.

    En avant ! — La foule armée
    Se heurte, et chaque baron
    Pousse à travers la ramée
    Sa cavale ranimée
    Par le fouet et l'éperon :
    Le chasseur bondit comme elle,
    Et son cri joyeux se mêle
    Au cri rauque du clairon.

AMOUR ET FOI.

Écoutez : un bruit s'élève,

Le cerf tombe; quel concours !

Chaque bras saisit le glaive,

Mais aucun d'eux ne l'achève

Pour l'offrir à ses amours :

C'est au plus noble de race

A frapper le coup de grâce,

C'est au sire de Nemours.

Et tandis qu'élancés au milieu du bois sombre,

On voit fuir tour à tour et des limiers sans nombre

Et les hardis piqueurs et les nobles barons;

Et tandis qu'à l'écart les jeunes châtelaines,

Levant leurs bras d'ivoire, abandonnent aux chênes

Les voiles qui couvraient leurs fronts,

Voici qu'une main douce entr'ouvre avec mystère

La porte aux gonds massifs du château solitaire,

Du château qui s'élève au seuil de la forêt;

Et belle, et sous l'ogive où le lierre se joue,

Dérobant à moitié les roses de sa joue,
  Une blanche fille apparaît.

    D'abord la vierge indécise
    S'arrête et fixe les yeux :
    Elle craint d'être surprise,
    Elle craint jusqu'à la brise
    Qui soulève ses cheveux :
    Elle hésite et puis s'élance,
    Et l'herbe ploie en silence
    Sous son pas aventureux.

    Et bientôt moins inquiète,
    Moins craintive, voyez-la,
    Dans son vol que rien n'arrête,
    Sourire à l'ombre discrète
    Dont l'épaisseur la troubla :
    Puis elle écoute, elle semble
    A chaque feuille qui tremble
    Demander s'il n'est pas là.

Un cri part : « C'est lui ! c'est elle ! »

Et bientôt, pour le mieux voir,

Voici que la jeune belle

Qu'un tendre sourire appelle

Sur le gazon va s'asseoir ;

Et les aveux se répondent,

Et les regards se confondent :

Que de bonheur jusqu'au soir !

Et maintenant grondez, ô fanfares guerrières,

Grondez au fond des bois, dans les vastes clairières ;

Ici chaque rumeur vient mourir à son tour :

Ici, loin de la chasse et des meutes fumantes,

Le cor a des soupirs et des plaintes charmantes,

Ici le cor parle d'amour.

XXX.

LA POÉSIE.

LA POÉSIE.

A M. ÉMILE SOUVESTRE.

Émile, ce n'est pas dans cette ornière obscure,
Chaos informe où rien ne germe et ne s'épure,
    Où l'existence est un sommeil;
Ce n'est pas dans la foule aride et sans mémoire,
Dont le regard est mort et se ferme à la gloire
    Comme un œil d'insecte au soleil;

Oh! ce n'est pas non plus sur le pavé des villes,
Aux fatales rumeurs des tempêtes civiles;
　　Ce n'est pas dans nos murs étroits;
Ce n'est pas sur l'arène où, dans sa force immense,
Le peuple impétueux se cabre, et recommence
　　A briser l'éperon des rois;

Ami, ce n'est pas là, sur ces champs de bataille,
Que l'on voit apparaître avec sa haute taille,
　　Avec son sceptre audacieux,
L'enfant de Jéhovah, la Poésie austère
Qui passe loin du monde en effleurant la terre,
　　Et marche en regardant les cieux.

Poëte, allons plus loin, dans quelque large voie;
La solitude est là; — c'est elle qui renvoie
　　Un écho pour chaque concert :
Celui qu'un pur rayon du génie accompagne
A toujours cherché l'aigle au flanc de la montagne,
　　Et la Poésie au désert.

Au désert, au désert! — car la tourbe insensée,
Au lieu de l'agrandir, écrase la pensée;
    Elle meurt ou tombe trop bas :
Au désert! — Oh! je veux, tant le monde me pèse,
Briser l'obstacle et fuir cette ardente fournaise
    Qui dévore et n'épure pas.

Elle court au désert la sainte Poésie :
C'est l'immense horizon, l'atmosphère choisie
    Où rien n'arrête son élan;
Il lui faut comme à Dieu des pompes inconnues,
Le parfum de la mer, l'Athos chargé de nues
    Et les profondeurs du Liban.

Oui, c'est vous qu'elle cherche à travers tous ces voiles,
Athos, Liban, grands monts qui touchez les étoiles,
    Et qu'un soleil ardent brunit :
C'est là, c'est par-dessus votre crête éternelle
Qu'elle pose son vol, qu'elle allonge son aile
    Comme le vautour sur son nid.

Ah! demande une sphère idéale et profonde,

Un de ces lieux où l'âme aime à bâtir un monde

     D'amour, de lumière et de chant.

Fuyons là, — soit que l'aube entr'ouvre comme un songe

Ses palais de vapeurs, soit que le soleil plonge

     Dans les abîmes du couchant.

Ma Poésie, à moi, c'est l'étoile qui tremble,

La forêt solitaire où meurent tout ensemble

     Le dernier jour, le dernier bruit;

C'est l'orage des cieux, c'est, pendant la tempête,

L'Océan hérissé comme un lion qui guette

     Sa proie au milieu de la nuit.

C'est le vent de l'hiver, le vent qui hurle et pleure,

Le vent impétueux qui jonche en moins d'une heure

     Le sentier que nous chérissions;

C'est l'arc-en-ciel éclos sur l'atmosphère grise,

C'est le roc suspendu que le Rhin fouette ou brise

     Dans ses folles convulsions.

C'est surtout cette terre éclatante et sublime
Où le Verbe annoncé, l'expiateur du crime,
    Porta son pas retentissant ;
C'est le Cédron, l'Horeb aux cimes calcinées,
C'est le vieux Golgotha, dont le flot des années
    N'a pu laver encor le sang.

Voilà ma Poésie. — Oh ! quand sa voix m'enflamme,
Quand, malgré la fatigue où s'absorbait mon âme,
    Il faut m'attacher à son vol ;
Quand cette voix d'en haut que j'avais repoussée,
Quand l'inspiration tombe sur ma pensée
    Comme la foudre sur le sol ;

Émile, oh ! c'est alors que ma poitrine lasse
Retrouve sa vigueur : un bras divin l'enlace,
    L'entraîne et soulève son poids ;
Émile, et c'est ma muse indomptable, enivrante,
Ma muse aux noirs cheveux, sirène dévorante
    Qui caresse et tue à la fois !

XXXI.

LE CATHOLICISME.

LE CATHOLICISME.

———

« Il s'en va, dites-vous, il s'en va d'heure en heure,
« Ce culte délaissé que le vulgaire pleure;
« Il s'en va tout chargé de risée et d'affront :
« Encore un peu de jours, et, malgré vos présages,
« Le vieux géant, battu par le belier des âges,
    « Touchera la terre du front.

« Il tombe à chaque instant, c'est un fantôme, une ombre. »
— Erreur !... oubliez-vous que des combats sans nombre
Furent les premiers jeux de ce roi profané ;
Qu'il eut pour piédestal un amas de victimes,
Et que le sang d'un Dieu, coulant à flots sublimes,
     Le fortifia nouveau-né ?

Ignorez-vous qu'il peut, sous l'œil du divin maître,
S'envelopper dans l'ombre ou du moins le paraître,
Pour apprendre à nos cœurs à discerner le jour ?...
Avez-vous oublié sa lutte dans l'orage ?
Avez-vous oublié que le cri de l'outrage
     Multipliait l'hymne d'amour ?

Oh ! respectez celui que l'immensité nomme :
L'arbuste devient arbre, et l'enfant se fait homme ;
Ainsi du Christ : — sa loi n'a rien de limité,
Elle paraît languir, elle souffre... qu'importe
Cette fièvre d'un jour d'où jaillira plus forte
     Sa glorieuse puberté ?

Attendez, et le Christ va se montrer encore.

—Tel, quand l'Égypte voit, sous un ciel qui dévore,

Brûler et dépérir ses campagnes sans eaux,

Le Nil s'éveille enfin, le vieux Nil rompt sa chaîne,

Accourt d'un bond, et jette au hasard sur la plaine

    La fécondité de ses flots!

XXXII.

PLAINTE.

PLAINTE.

Ma jeune bien-aimée, il est donc vrai, tout change,
Tout change, instincts de l'âme, illusions, bonheur,
Tout s'en va loin de moi, jusqu'aux sourires d'ange,
Tout, jusqu'aux frais regards qu'avec un charme étrange
    Vous laissiez tomber sur mon cœur !

Car vous m'aimiez alors : vous viviez recueillie,
Seule et pure au milieu de ce monde troublé;
Mais vos larmes de cœur vous avaient embellie,
Et votre œil, si long-temps plein de mélancolie,
    S'anima quand je vous parlai.

Frissons délicieux, larmes involontaires,
Que votre charme est tendre à ce premier beau jour!
Oh! qui révèlera les troubles, les mystères
Que ressentent d'abord deux âmes solitaires
    Dans l'abandon d'un chaste amour?

Aimer jusqu'à l'extase, aimer jusqu'au délire,
Vivre au fond d'un seul cœur, du seul qui nous soit cher,
Ne trouver de repos que dans l'air qu'il respire,
S'enivrer de silence à son moindre sourire...
    C'était là mon bonheur hier.

Maintenant je suis seul; tout me gêne et me blesse,

Tout mêle un souffle impur à mes destins flottans :

Je suis seul, et déjà je tombe de faiblesse :

Oh! brise-toi, mon cœur, pauvre cœur qu'on délaisse,

   Tu n'as battu que trop long-temps !

XXXIII.

FIÈVRE.

FIÈVRE.

—

L'orage commençait, l'atmosphère était grise,
— Et j'allai tout rêveur près de la vieille église,
Et je franchis le seuil et je m'arrêtai là;
Car au fond de la nef, une voix sépulcrale,
Une voix murmurait avec l'accent du râle :

     Dies iræ, Dies illa.

Et cet hymne d'effroi passant de bouche en bouche,

Cet hymne ressemblait, dans sa grandeur farouche,

Au cri de l'Océan, quand il creuse ses bords;

Et l'aquilon des cieux faisait mugir la terre,

Et l'orgue répondait par des coups de tonnerre

　　　A la tempête du dehors.

Et moi, frappé soudain de ce frisson qui glace,

J'étais là; j'écoutais la terrible menace

Qui descendait d'en haut sur un monde pervers :

J'étais là haletant, plein d'une angoisse affreuse;

— J'avais cru voir la mort saisir, toute joyeuse,

　　　Le cadavre de l'univers!

XXXIV.

LE CHOLÉRA.

LE CHOLÉRA.

Il est venu : — les flots, cette immense barrière,
Les flots n'ont pu briser le vol de sa fureur,
Et la foule insensée a plié tout entière
    Sous l'aiguillon de la terreur.
Il est enfin venu des rivages du Gange,
Ce rapide vautour, ce voyageur étrange,
    Fléau, roi de tous les fléaux ;
Plus prompt que l'ouragan, plus fort que l'incendie,

15

Il passe, et chaque coup de son aile hardie
  Pousse un peuple dans les tombeaux.

Ils s'écriaient pourtant, nos sages, nos prophètes :
Voyez ! l'affreux démon se précipite ailleurs.
O peuple, pourquoi fuir, pourquoi cesser tes fêtes ?...
  Reprends tes couronnes de fleurs. —
Et la grande cité, follement rassurée,
Tendait ses bras impurs à l'orgie effarée ;
  L'ivresse enveloppait ses jours...
C'est en vain que dans l'ombre une main sépulcrale
Inscrivait chaque nuit la sentence fatale ; —
  Babylone dormait toujours !

Elle s'éveille enfin : — le souffle de la tombe
Vient de changer en deuil l'enivrement d'hier ;
Elle s'éveille au bruit de son peuple qui tombe,
  Comme la feuille au vent d'hiver.
Dieu ! qu'a-t-elle aperçu ?... des spectres à l'œil cave,
Des cadavres humains, muets comme l'esclave

Qu'un bras de fer tient enlacé. —

Et ses cheveux épars blanchissent d'épouvante

Devant ces corps hideux, pourriture vivante,

    Où le cœur seul n'est pas glacé.

C'est qu'un fléau pareil n'est pas un mal vulgaire;

La source en est plus haut : — c'est la main du Dieu fort

Qui répand tour à tour les horreurs de la guerre

    Et les semences de la mort.

C'est lui qui parle en maître à la foule abattue;

Il commande d'un geste, et le souffle qui tue

    Abaisse un vol silencieux.

C'est que l'immensité tremble devant sa face;

Et quand sa voix l'a dit, tout un monde s'efface

    Comme un atome dans les cieux.

Ah! quand la terreur plane au-dessus de nos villes,

Quand la mort vient d'ouvrir un plus large chemin,

Ne ferez-vous pas trêve aux discordes civiles,

    O vous qu'elle atteindra demain!

AMOUR ET FOI.

Frères, n'oubliez pas quel nœud sacré vous lie :
Enfans du même Dieu, quand chaque tête plie
    Au niveau puissant des douleurs,
Inclinez vos fronts nus sur les pavés du temple,
Et là, devant l'autel du Dieu qui vous contemple,
    Unissez vos mains et vos pleurs !

C'est là que, séparés d'un tourbillon frivole,
Vous entendrez ce cri de votre âme : « Aimez-vous ! »
C'est la plus sainte loi, la plus haute parole
    De celui qu'on nomme à genoux.
L'âme qui la repousse est comme abandonnée ;
Aimer et consoler, voilà sa destinée
    Qu'elle ne doit jamais trahir.
Non, la haine n'est point de la terre où nous sommes ! —
Ah ! j'en appelle encore à vos entrailles d'hommes,
    Frères, comment peut-on haïr ?

Courez donc rassurer ce peuple qui s'effraie,
Veillez de l'aube au soir, de la nuit au matin,

Et quand l'heure viendra, versez sur chaque plaie

    Le baume du Samaritain.

Que l'ardente pitié vous presse et vous rassemble;

Allez au seuil du pauvre, allez frapper ensemble;

    L'homme n'est grand que par le cœur.

Allez tous ! — consolez ces âmes éperdues,

Et le ciel bénira vos têtes confondues

    Sur le chevet de la douleur.

Secourez et priez : — l'aumône et la prière

Ont un secret pouvoir qui change l'avenir ;

Conjurez sans retard le vent de la colère,

    Jéhovah peut le retenir.

Mais, s'il abat sur nous ses foudres suspendues,

Si l'affreux tombereau doit sillonner nos rues

    Dans sa terrible nudité,

Ne tremblons point : — la mort n'est que l'étroit passage

D'un horizon plein d'ombre à des cieux sans nuage,

    D'un vain rêve à l'Éternité !

XXXV.

PREMIÈRES AMOURS.

PREMIÈRES AMOURS.

Que le printemps est beau, que sa jeunesse est douce
Quand l'aube fait éclore une première mousse,
Quand le premier bouton s'entr'ouvre et devient fleur!...
Pourtant il est un charme, une grâce ingénue
Plus séduisante encor, c'est l'ivresse inconnue,

    C'est le premier réveil du cœur.

C'est quand la jeune fille, abandonnant l'aïeule,
Au plus profond des bois court rêver triste et seule;
Quand elle va cherchant un secret dans les fleurs;
C'est quand, au souvenir d'une image lointaine,
Elle marche confuse, et s'arrête incertaine
     Entre le sourire et les pleurs.

Alors, si rien n'émeut cette vierge naïve,
Rien que le bruit charmant d'une onde fugitive,
Rien que le vol léger des colombes d'amour;
Si cette âme est troublée aux seules harmonies
Que fait naître le soir, rumeurs indéfinies,
     Où vient mourir chaque beau jour,

Oh! c'est l'heure d'aimer; c'est alors que se glisse
Un sentiment confus qui se change en délice;
Le cœur se berce enfin d'un songe moins amer;
Et s'il parle, et s'il trouve un autre pour l'entendre,
Ce n'est plus une amie, il faut un cœur plus tendre
     Qui comprenne un secret plus cher.

Et quel bonheur alors! comment dire les charmes

De cet âge éphémère où tout plaît jusqu'aux larmes!

Oh! pourquoi s'en va-t-il?... où chercher cette fleur,

Cette fleur odorante à peine respirée?

Où retrouver surtout la grâce tant pleurée

    De ce premier réveil du cœur?

XXXVI.

L'AME DES POËTES.

L'AME DES POËTES.

Ne vous étonnez point, vous que la Muse entraîne,
Vous, dont le cœur fléchit à sa voix souveraine
  Qui commande toujours;
Ne vous étonnez point, créatures divines,
Que la sève bouillonne et batte vos poitrines
  Jusqu'à tuer vos jours.

Ne vous étonnez point, hommes à forte tâche,

Qu'un esprit inconnu vous jette sans relâche

      Hors d'un monde borné;

Ne vous étonnez point que l'insomnie amère

Vous berce entre ses bras, comme une jeune mère

      Berce son premier né;

Car vous portez au front je ne sais quels mystères,

Car votre âme n'est point de ces lampes vulgaires

      Qu'endort un froid sommeil;

Elle brûle toujours. — O poëtes, votre âme

Est un rayon sublime, un atome de flamme

      Détaché du soleil!

XXXVII.

UN AMI.

UN AMI.

Il était là, debout, l'œil tristement baissé ;
Quelques mots s'échappaient de son cœur oppressé,
Et, comme pour mieux dire où débordait sa peine,
Près de ce cœur souffrant sa main serrait la mienne ;
Et moi, qu'un rêve amer a flétri pour long-temps,
J'aurais voulu sourire au moins quelques instans ;
J'aurais voulu, pour lui, rapprendre le courage :
Cette angoisse de cœur est si triste à son âge !...

Il est si jeune!... et puis, qui n'eût souffert à voir
Une âme de quinze ans abjurer tout espoir,
Se plaindre que la vie a de sombres journées,
Et pour languir d'effroi devancer les années?
Je contemplais ce front où pesait la douleur,
Et m'inclinant aussi je disais : « Pauvre fleur,
« Faut-il d'un vent de mort te voir sitôt battue!...
« Eh quoi! peut-on céder si jeune au mal qui tue!
« Ah! quels que soient tes pleurs, résiste encore, attends
« Que des soleils plus beaux redorent tes printemps.
» Je sais que dans ce monde, où l'ennui nous réclame,
« Les précoces douleurs agrandissent une âme;
« Mais qu'importe?... Faut-il acheter par la mort
« Ces élans d'un cœur pur, sombres comme un remord?
« C'est un fardeau bien lourd qu'une pensée austère;
« Mieux vaut traîner sa vie au niveau de la terre. »
Et je repris sa main, puis élevant la voix :
« Pourquoi livrer ton âme au trouble où je te vois,
« Enfant? hier encor j'ai vu pleurer ta mère :
« Tu souffres, et tu dis que la vie est amère,
« Et dans ce monde immense où tout paraît si beau,
« Toi, nouveau-né d'hier, tu n'as vu qu'un tombeau,

« L'avenir !... qu'a-t-il donc ce mot qui t'épouvante ?...

« Ah ! s'il faut pour ton âme indomptable et vivante

« Un espace à tenter, des lieux à parcourir,

« Regarde au ciel, c'est lui qui va te les offrir.

« Dis-moi ; n'as-tu jamais, dans ces astres de flamme,

« Placé des jours futurs, tels qu'il en faut à l'âme ?

« Dans les profondes nuits, comme au pied de l'autel,

« N'as-tu pas entrevu ce rayon immortel

« Qui doit te ceindre un jour? et puis, le soir, quand l'ombre

« Jette sur l'horizon ses prodiges sans nombre,

« Ce grand ciel n'a-t-il pu, dans toute sa hauteur,

« Répondre à l'infini qui se meut dans ton cœur?...

« Ah ! de quelques dégoûts que ton âme s'enivre,

« Regarde la nature, alors tu sauras vivre. » —

Et je disais ; et lui, précipitant sa main

Sur un livre entr'ouvert arraché de son sein,

Il me montra du doigt cette page où moi-même

Je saluais la mort comme un bienfait suprême ;

Et moi, laissant tomber sa main sur mes genoux,

Je détournai la tête et je pleurai sur nous.

XXXVIII.

L'OISEAU INCONNU.

L'OISEAU INCONNU.

C'est l'oiseau qui chante au village,
Oiseau triste et mystérieux,
Dont l'aile n'est jamais volage,
Et qui ne cherche que les cieux.

Il a délaissé la charmille,

Ses nids d'autrefois sont déserts;

Seulement, dès qu'un rayon brille,

Il s'envole au plus haut des airs.

Il s'envole tout seul et chante,

Et sa plainte a tant de douceur,

Qu'à cette voix molle et touchante

Je sens des larmes dans mon cœur.

Pauvre oiseau que la brise enlève,

Où vas-tu si loin tous les jours,

Oiseau fugitif comme un rêve,

Oiseau qui pleures tes amours?

Va plutôt le long des feuillées

T'embaumer de rose et de thym,

Et te pendre aux branches mouillées,

Et cueillir les pleurs du matin.

Imite dans sa vive allure
L'hirondelle que j'aperçois;
Va caresser la chevelure
De la jeune fille des bois;

Et dans les sentiers qu'elle trace
Bien loin des regards importuns,
Que ton aile effleure avec grâce
Son cou de cygne et ses yeux bruns.

Que te faut-il?... ombre ou lumière?
Ici les bois t'offriront tout;
Les bois ont leur beauté première,
Et la solitude est partout.

Ici, dans l'ombre spacieuse,
On n'entend que le flot lointain,
Ou quelque abeille harmonieuse
Qui s'est égarée en chemin.

L'eau des cieux tombe de la feuille,

Le rayon du soleil y dort,

Et chaque calice recueille

Une part de ces gouttes d'or.

Mais si d'autres vœux, d'autres songes

T'ont fait pour respirer ailleurs;

Si dans la sphère où tu te plonges

Les rayons du jour sont meilleurs;

Si l'aspect des cieux te délivre

Des tristesses du sol natal,

Pauvre oiseau, si tu ne peux vivre

Que loin d'un bruit qui te fait mal;

Du moins, quand le soir te ramène,

Reviens à moi, reviens toujours,

Oiseau dont la vie est la mienne,

Oiseau qui pleures tes amours.

XXXIX.

ARRÊTE! M'AS-TU DIT...

ARRÊTE! M'AS-TU DIT...

« Arrête! m'as-tu dit : — ce monde

« N'a-t-il point assez de douleurs,

« Qu'il te faille au courant immonde

« Effeuiller toi-même tes fleurs ?

« Ta poitrine est-elle de marbre,

« Qu'elle ose entamer ce grand arbre,

« Dominateur de l'aquilon;

« Ne vois-tu pas que son écorce

« Va se refermer avec force

« Comme le chêne de Milon? »

Oui, je le vois; oui, tant d'audace

Sied mal à mon bras jeune encor;

Je sais que ma poitrine lasse

Succombera dans cet effort;

Je sais que la lutte est amère,

Je sais qu'un amas de poussière

M'enlèvera toute lueur,

Et qu'il faudra, chargé de blâme,

Subir tous les frissons de l'âme,

Tous les déchiremens du cœur;

Mais je sais aussi que la gloire

Marque ses fils d'un sceau brûlant,

Et qu'on n'arrache une victoire

Qu'après avoir saigné son flanc;

Je sais que le cri d'anathème
Est l'inévitable baptême
Qui consacre à jamais un nom :
Je sais, ô mon glorieux frère,
Que l'ostracisme populaire
Est un pas vers le Panthéon !

XL.

MÉLANCOLIE.

MÉLANCOLIE.

Elle souffre, ô mon Dieu ! — La tristesse, l'absence,
L'accablent donc aussi de toute leur puissance ;
L'aube a dû faire place aux ardeurs du soleil,
Et, comme un pèlerin défaillant, hors d'haleine,
Cette âme qui languit, cette âme qui se traîne,
Ne sait plus sous quel arbre attendre le sommeil.

Elle souffre, elle pleure, et rien ne la rassure;
Et moi, mon Dieu, jeté dans une route obscure,
Je ne peux ni la voir, ni rencontrer sa main;
Je ne peux même plus marcher à côté d'elle,
Et, comme un tendre ami, comme un frère fidèle,
Écarter de ses pas le gravier du chemin.

Oh! laissez-moi porter le fardeau de ses peines;
Mon Dieu, donnez-le moi, que je l'unisse aux miennes:
Vous le savez, mes jours sont des jours de douleurs;
C'est justice; — épargnez seulement cette femme,
Mon Dieu! puisque j'ai pris la moitié de son âme,
Laissez-moi prendre au moins la moitié de ses pleurs!

Relevez, relevez cette âme jeune et frêle:
L'amertume des pleurs n'est point faite pour elle,
Elle est faite pour moi, créature de deuil.
Seigneur, éprouvez-moi, rendez ma part plus forte;
Seigneur, ne craignez point de l'aggraver. — Qu'importe
Que le fardeau me courbe au niveau du cercueil?

Le cercueil, je l'attends; le cercueil, je l'espère;

Car en ce monde obscur et mort à la prière,

Où les plus nobles vœux sont tour à tour flétris,

En ce monde insensé qui s'attaque au Christ même,

Mon œil qui rêve ailleurs une beauté suprème,

Ne voit dans le tombeau qu'une sainte oasis.

XLI.

LA BEAUTÉ.

LA BEAUTÉ.

J'aime l'eau sous les fleurs, la rose sur sa tige,
Le tremblement des bois, les brises de l'été;
Mais il est pour mon âme un bien plus doux prestige,
    Et ce prestige est la beauté.

La beauté, fleur du ciel que Dieu créa lui-même
Pour mêler ses parfums à nos longues douleurs :
Oh ! qui saura jamais te peindre comme on t'aime,
Beauté, plaisir des yeux, beauté, charme des cœurs ?

Qui décrira ses traits, sa voix molle et touchante ?...
Dans quel hymne d'amour croira-t-on retrouver
Un de ces longs regards dont la langueur enchante,
        Un de ces mots qui font rêver ?

Mais, comme au frais matin le lis et l'asphodèle
Se voilent de rosée et n'en brillent que mieux,
La Beauté trouve encore un attrait digne d'elle,
C'est la grâce, elle-même est un reflet des cieux.

Et si nous croyons voir quelque chose de l'ange
Dans l'éclat ravissant d'un beau front velouté,
Cette empreinte d'en haut n'est que l'heureux mélange
        De la grâce et de la beauté.

Aussi quels doux transports! quel ineffable hommage!
Tous les cœurs réunis par un même lien
Environnent d'amour l'éblouissante image,
Attendent son sourire et ne cherchent plus rien.

Ah! si c'est le bonheur, vous devez le connaître,
O vous qu'on aime à voir, vous qu'on veut admirer :
Mais, non; — jeune, adorée, et bien digne de l'être,
    Vous êtes seule à l'ignorer.

Si je disais que, belle entre toutes les femmes,
Vous remuez les cœurs même au bruit de vos pas,
Et que vos grands yeux noirs étincellent de flammes,
Vous baisseriez la tête et ne me croiriez pas.

Et pourtant vous brillez de cette beauté pure
Qu'on admire avec crainte et qu'on loue en tremblant,
Et jamais ici-bas plus douce chevelure
    Ne couronna de front plus blanc.

Et si vous m'avez vu (je le dis à voix basse)

Essayer tout à l'heure, avec des mots bien doux,

De peindre la beauté qui s'unit à la grâce,

Je ne vous nommais pas, mais je songeais à vous.

XLII.

ENTRAINEMENT.

ENTRAINEMENT.

Où vas-tu ma pensée?... ô mon âme, où s'arrête
Ton essor convulsif, ton élan de poëte
    Vers un soleil meilleur ?...
Où doit-elle tarir, à quels cieux, à quel monde,
Cette sève de feu, cette lave profonde
    Qui déborde mon cœur ?

Ah ! demande où se perd l'Arabe dans sa fuite,
Quand du pâle coursier que la peur précipite
     Les vents fouettent le crin ;
Quand le long du désert meurtri par ses pieds rudes,
Il passe, vole, et jette aux vents des solitudes
     L'écume de son frein.

Et la trombe du ciel, colonne merveilleuse,
Où va-t-elle, dis-moi, quand sa tête houleuse
     Verse de froids torrens,
Et que, s'attaquant même au mont impérissable,
Elle entasse sur lui, comme des grains de sable,
     Les cèdres les plus grands ?

Mon âme, eh bien ! mon âme est la trombe élancée,
La cavale qui court d'une course insensée
     Au désert spacieux ;
La cavale !... mon âme est plus rapide encore,
Elle devancerait un rayon de l'aurore
     Dans l'infini des cieux.

Son vol franchit les flots, son vol perce la nue;
Là, son regard saisit quelque image inconnue
      Sous les brumes de l'air :
Elle aspire à ce Dieu qu'il faut aimer et craindre,
Et sa pensée ardente emprunte pour l'atteindre
      Les ailes de l'éclair.

Adieu le frais repos de mes belles années,
Rêves d'un âge tendre, oasis fortunées
      Où s'endormait mon cœur :
Adieu l'hymne d'amour, le soir au bord du fleuve,
Et les premiers soupirs d'une âme chaste et neuve
      Qui s'éveille au bonheur !

Ce qu'il faut maintenant, ce n'est point, ô mon âme,
D'harmonieux concerts embaumés de cinname,
      Reflets d'un songe d'or :
Adieu l'espoir d'azur, adieu les chants de fête !
L'esprit, dont l'aile sombre enveloppe ma tête,
      A passé sur Endor.

Et son doigt m'a montré l'infortune insultée,
Et mon cœur a frémi, ma chair s'est contractée
    En face de ces deuils :
Et j'ai pris en pitié tout ce peuple folâtre,
Quand j'ai vu la douleur, hôtesse opiniâtre,
    S'asseoir à tant de seuils.

Vents des cieux et des eaux, d'où vient ce bruit d'orages ?
Mon oreille effrayée entend le flot des âges
    Prêt à nous engloutir ;
Et mon œil, au-dessus de nos villes sans nombre,
Mon œil voit se dresser, comme un prophète sombre,
    Le fantôme de Tyr.

C'est en vain que le siècle étend sa main glacée,
Il succombe... La mort tient sa proie enlacée
    Dans un cercle de fer.
Navigateurs joyeux qui riez sur la proue,
Le flot gronde... tremblez que le vaisseau n'échoue
    Aux portes de l'enfer !

N'interrogez donc plus le poëte ; — s'il chante,
Malgré cette atmosphère épaisse et desséchante,
        S'il va luttant toujours,
C'est qu'il veut arracher à l'impure débauche
Ces générations que le bras divin fauche
        Dans le sillon des jours ;

C'est que le Christ est là ; — lui seul est notre étoile,
Lui seul nous aide encore à percer ce grand voile
        Où la raison se perd ;
C'est que, malgré le temple et la croix qui s'écroule,
Il faut heurter le siècle, et ramener la foule
        Au Golgotha désert.

Et voilà les douleurs, les craintes amassées
Qui roulent dans mon âme, abîme de pensées.
        Plein d'ombre et de rumeur ;
Voilà pourquoi mes yeux, que la fatigue accable,
Se tournent vers celui qui seul reste immuable,
        Quand tout s'efface et meurt.

C'est Jéhovah, c'est lui qui suspend ou détache
Les innombrables cieux que l'immensité cache
      Sous son rideau puissant;
Il parle, et tout gravite, et s'il touche le monde,
Le monde se broiera comme le ver immonde
      Sous le pied du passant.

Va donc jusqu'à ton Dieu, va donc, ô ma pensée,
Non plus comme l'Arabe et la trombe élancée
      Au hasard et sans lois,
Non plus comme l'autour, comme l'aigle intrépide,
Qui voudraient embrasser dans leur élan rapide
      Tous les cieux à la fois;

Mais comme un ruisseau pur, dès qu'il est né, commence
Son cours mystérieux jusqu'à la mer immense
      Et s'y dérobe enfin;
Remonte, ô ma pensée, à ta source première,
Et faible goutte d'eau, plonge-toi tout entière
      A l'Océan divin!

XLIII.

UNE ESPÉRANCE.

UNE ESPÉRANCE.

A M. EUGÈNE GOUBERT.

Décembre 1829.

Comme aux jours du printemps l'alouette blessée,
Le long des buissons verts traîne une aile lassée,
Et se tournant encore à l'horizon vermeil,
Ne lui demande plus qu'un rayon de soleil;
Mon âme allait mourir, mon âme, à chaque aurore,
Voyait un regret naître, une douleur éclore,

Et le pas des mortels s'agitant à l'entour

Mêlait un bruit profane à ses élans d'amour.

Elle errait seule et triste avec sa douce muse,

Dans les bois où s'éveille une plainte confuse,

Et quelquefois les cieux éclatans de splendeur

Jetaient sur sa pensée un reflet de bonheur;

Et des échos plus doux murmuraient sur la grève,

Et la muse riante entraînait son beau rêve,

Tantôt dans le bocage où vient le rossignol,

Tantôt sur la montagne où l'aigle abat son vol.

Frêles illusions! délectable chimère!

Je mettais mon bonheur dans un peu de lumière :

La fuite du soleil m'entourait d'un linceul,

Et je pleurais ma vie et je me sentais seul.

Oh! je ne le suis plus! l'existence a des charmes;

Elle a bien quelques pleurs, mais à travers ces larmes

Elle semble encor belle, et puis connaissez-vous

Tous les enchantemens d'un œil rêveur et doux,

Le délire ineffable où sa grâce vous jette,

Et l'enivrant regard qui sourit au poëte?...

A force de douleur, seriez-vous parvenu

A lire la pitié dans un cœur ingénu?

Une femme en pleurant l'aurait-elle accueillie,

Cette page où se plaint votre mélancolie ?...

Ah ! c'est que pour répondre à ses nombreux tourmens

Mon luth a rencontré de ces échos charmans :

J'ai souffert, mais aussi j'ai retrempé mon âme

Dans les regards flatteurs de quelque blanche femme.

Plus d'une m'a souri, dans mon vol inconnu,

A cet humble horizon qui m'avait retenu ;

Plus d'une auprès de moi s'est doucement penchée,

Qui m'a dit, mais tout bas, que mes vers l'ont touchée,

Et que des vœux si purs sont faits pour attendrir,

Et qu'avec tant d'amour j'avais dû bien souffrir.

Et c'était au vallon, sous les feuilles tombantes,

Qu'elle m'abandonnait ces paroles touchantes.

L'autre, au sortir d'un bal prolongeant l'entretien,

Tandis qu'avec douceur mon bras serrait le sien,

Demandait quelle voix molle et capricieuse

Éveilla dans mon sein la corde harmonieuse,

Et, quand j'avais senti s'approcher de mon cœur

Cette muse aux yeux noirs que j'appelais ma sœur,

« Quel fut le premier mot de sa bouche ?... avait-elle

« La voix et le regard d'une simple mortelle ?...

« Le seul bruit de ses pas, moelleux comme un accord,

« Forcerait-il mon âme à tressaillir encor ?

« M'aimait-elle d'amour ?... serait-elle jalouse

« De voir ma main livrée à la main d'une épouse ? »

Et ces mots caressans redits avec lenteur

Tombaient accompagnés d'un sourire enchanteur ;

Et tout en lui parlant de la muse qui m'aime,

Mon cœur croyait la voir et l'entendre elle-même.

Quel suave entretien ! vous étonneriez-vous

Que tout m'ait semblé beau parmi des cœurs si doux,

Et que, dans mon bonheur, l'âme encore enivrée,

Je me sois dit un jour : « Ma mort sera pleurée. ».

XLIV.

SCÈNE DE NAUFRAGE.

SCÈNE DE NAUFRAGE.

Les ombres s'étendaient : — la tempête finie
N'avait laissé là-haut qu'une sourde harmonie,
Écho frêle et confus du dernier aquilon ;
Et la profonde mer, béante sous l'orage,
La mer se refermait, avec un cri sauvage,
  Comme une gueule de lion.

Et sur les vastes flots, jeté comme un point vague,

Un lambeau de navire errait de vague en vague :

Ce débris vacillant craquait au moindre effort.

Hélas ! des passagers qui le couvraient naguère,

Deux seuls étaient restés sur l'esquif solitaire,

    Deux seuls avaient trompé la mort.

Un vieillard et son fils; — jouets de l'onde immense

Qui meurtrissait leurs corps, ils souffraient en silence,

Car depuis trois longs jours ils n'avaient plus de pain;

Ils souffraient, mais tous deux, combattant la nature,

Cherchaient à se cacher cette double torture

    De la fatigue et de la faim.

Or la nuit se leva, c'était la quatrième;

Et, comme le vieillard râlait, n'ayant pas même

Un peu d'eau pour sortir de son affaissement,

L'enfant, plein de douleur, égaré, hors d'haleine,

Mordit dans son bras pâle, et déchirant la veine :

    « Buvez, dit-il, voilà mon sang !

« O mon père ! étanchez la soif qui vous dévore ;

« Buvez ! moi, je suis jeune et peux souffrir encore ;

« La côte n'est pas loin, l'horizon devient clair,

« Espérons. » — Le vieillard, immobile à sa place

Et la main sur le cœur, répondit à voix basse :

    « Enfant, j'allais t'offrir ma chair.

« Je meurs, mais tu vivras. » — Et sa main défaillante

Laissa tomber à terre une lame sanglante.

L'enfant la voit, se jette avec un cri d'horreur ;

Il touche avidement cette poitrine froide,

Mais il ne sent plus rien. — Le vieillard était roide,

    La pointe avait percé le cœur.

Le jeune homme, à genoux, ne poussa pas de plaintes ;

Il contempla long-temps ces prunelles éteintes

Qui le cherchaient encor d'un regard douloureux ;

Puis, ne pouvant porter l'angoisse qui le navre,

Il tomba sur le front. — L'homme devint cadavre.

    Et l'Océan passa sur eux.

XLV.

PENDANT LA NUIT.

PENDANT LA NUIT.

—

Quand Jéhovah déploie autour de nos demeures
Le linceul de la nuit, quand la chaîne des heures
    Tombe anneau par anneau,
Et qu'au bruit d'un vent sourd qui hurle à ma fenêtre,
Je viens de méditer cette œuvre du grand maître,
    Le terrible INFERNO;

Quand mon cœur s'est brisé, quand l'œil de ma pensée
A suivi bien long-temps cette tourbe insensée
   Qui renia son Dieu ;
Hélas ! et que j'ai vu pêle-mêle, en désordre,
Leurs têtes rebondir et leurs membres se tordre
   Sur les dalles de feu :

Alors, oh ! c'est alors que, prêt à quitter l'âtre
Où meurent les clartés d'une lampe bleuâtre,
   Je m'arrête un instant ;
Je m'arrête incertain, plus livide qu'une ombre ;
Puis je vais pas à pas jusqu'à l'alcôve sombre
   Où la terreur m'attend.

Là, vaincu de fatigue, épuisé par ma veille,
Je tombe, je m'endors. — Un rêve affreux m'éveille
   Tout glacé de sueur,
Tout râlant ; car je vois face à face, ô mon âme,
Ramper, comme un chat-tigre avec ses yeux de flamme,
   Le sombre Tentateur :

Et je tremble, un frisson de fièvre me dévore,

Et je presse mon sein pour m'assurer encore

     Qu'un crucifix est là;

Et je ne peux dormir, tant l'effroi m'environne,

Qu'après t'avoir nommée, ô ma sainte patronne,

     Maria! Maria!

XLVI.

PRIÈRE.

PRIÈRE.

Mon père, ayez pitié : — la vague s'enfle et gronde,
La vague est toute prête à déborder sur eux,
Et leurs tremblantes mains n'osent jeter la sonde,
Tant le flot se hérisse et tant le gouffre est creux.

Et comme un vil feuillage à travers la tourmente,
Ils flottent sans espoir d'un meilleur horizon :
Ils n'ont plus, pour percer la brume environnante,
Que ce frêle regard qu'ils appellent raison.

Mon père, ayez pitié : — cette ombre les écrase,
Et puis rien ici-bas ne console leurs yeux ;
Car la sonde imprudente a soulevé la vase,
Et la mer a cessé de réfléchir les cieux.

Et comme tout frémit, comme la nue est pleine
De ces fortes rumeurs qu'aucun pouvoir n'abat,
Assourdis par l'orage, ils entendent à peine
Cette voix de la mort qui vient de Josaphat.

Mon père, ayez pitié : — que vos anges dociles
Étendent sur leur tête un rideau moins profond ;
Ayez pitié d'eux tous défaillans et fragiles,
Ces hommes, ô mon Dieu, ne savent ce qu'ils font.

Flétris dès le berceau par un siècle farouche,
Ils lancent au hasard des paroles d'erreur ;
Et, si l'impur blasphème est encor sur leur bouche,
O mon père, il n'est pas dans le fond de leur cœur.

Oh ! quand leur voix vous nomme et vous insulte en face,
S'ils savaient qu'à côté du Dieu qu'ils ont proscrit,
Toute grandeur humaine est poussière et s'efface,
Et que l'immensité tressaille au nom du Christ ;

S'ils avaient vu là-haut briller vos diadèmes,
Et vos cieux, océan de splendeur et d'éclat,
Ils frapperaient le marbre avec des fronts plus blêmes
Que celui de Saül, quand la tombe parla.

Et puis, lorsque le doigt de l'ange solitaire
Leur montrerait de loin la gehenne de feu,
Insensés de terreur jusqu'à mordre la terre,
Ils n'auraient plus de voix que pour crier : « Mon Dieu ! »

XLVII.

NON, JE N'OUBLIERAI PAS...

NON, JE N'OUBLIERAI PAS...

Non, je n'oublierai pas, — quel que soit l'avenir,
Quel que soit l'horizon de ma courte existence,
Qu'une teinte dorée ou sombre le nuance,
Qu'il soit pur de nuage ou prompt à se ternir; —
Non, je n'oublierai pas cette ivresse imprévue
Qu'éveilla dans mon cœur la première entrevue,
L'ineffable penchant qui m'entraînait alors,
Et les charmes divins d'un amour sans remords,

20

Et surtout, comme un vent de rose ou de cinname,

Le parfum de votre âme enlacée à mon âme.

Non, je n'oublierai pas ce gracieux coup d'œil

Qui révélait déjà la langueur et le deuil,

Ce sourire tremblant, cette voix tout émue

Qui s'échappe d'un cœur qu'un tendre instinct remue.

Non, je n'oublierai pas que dans vos yeux sereins

Je crus apercevoir la trace des chagrins;

Non, je n'oublierai pas l'aveu sous l'aubépine,

Premier aveu d'amour qu'un silence termine,

Et vos touchans regards que mes regards troublaient,

Et nos entretiens d'âme et nos mains qui tremblaient.

Non, je n'oublierai pas, — ce souvenir, je l'aime, —

Que j'ai vécu long-temps plus en vous qu'en moi-même;

Que vous vîntes à moi, fugitive du ciel,

Douce comme Sara, pure comme Rachel,

Et que sur le chemin nos voix se répondirent,

Et qu'autour de mon cœur vos ailes s'étendirent.

Non, je n'oublierai pas, — mon œil déjà fermé,

A cette heure dernière où l'âme s'évapore,

Mon œil, pour vous revoir, se rouvrirait encore; —

Non, je n'oublierai pas que vous m'avez aimé.

XLVIII.

AU BORD DE LA MER.

AU BORD DE LA MER.

Et j'isolai mon cœur de la foule agitée
Qui n'a connu jamais ni trêve ni repos ;
Et je m'en allai seul jusqu'à l'anse écartée
Où la mer monte et gronde avec ses mille flots.

La mer !... elle étendait, profonde et transparente,
Sa ceinture de rocs où la mouette a son nid ;
Et l'éternel concert de son onde vibrante
Versait dans ma pensée un parfum d'infini.

Et j'écoutais, rêveur, sa voix précipitée,
Du haut d'un roc noirci par les flots et les ans ;
Et la lune, de vague en vague ballottée,
S'allumait comme un phare au milieu des brisans.

Oh ! j'aspirais cette heure où l'espace étincelle,
Où quelque ange nous prête un char aérien :
Perdu dans cette extase immense, universelle,
Mon œil contemplait tout, — je n'apercevais rien.

Je n'apercevais rien que des astres de flamme
Qui s'élevaient en chœur au ciel oriental ;
Et mollement bercé sur l'aile de mon âme,
Je me sentais ravir par un souffle idéal.

Je montais par-delà l'atmosphère grondante,
Par-delà l'étendue infinie en hauteur :
Je montais, il semblait que chaque étoile ardente
M'appelait en passant et se disait ma sœur.

Puis mon âme tomba, refoulée, abattue,
Tant l'extase des cieux pèse à des cœurs humains;
Et comme pour tarir une sève qui tue
Je pressai fortement ma poitrine à deux mains.

Mais l'aigle enfin rouvrit sa paupière lassée;
L'extase de mon cœur recommença bientôt,
Et je ne trouvai plus qu'une seule pensée,
Qu'un seul cri dans mon âme : Elle ici, Dieu là-haut !

XLIX.

FRANCESCA D'ARIMINO.

FRANCESCA D'ARIMINO.

Parmi ces grands vieillards, poétique phalange,
Créateurs glorieux qui restent quand tout change,
Volcans qui débordaient en laves de concerts,
Il en est dont la tête est géante et s'élève
De toute la hauteur d'une tour sur la grève,
De toute la hauteur d'un mont sur les déserts.

Tels le vieux Portugais qui briguait, loin du trône,

Le pain du mendiant sous les murs de Lisbonne;

L'homérique Milton, l'immortel Florentin;

Hommes prédestinés que rien n'a couvert d'ombre,

Et dont chaque tableau majestueux ou sombre

Est un parfum d'aurore, un reflet de matin.

Mais je préfère encore aux récits fiers et graves

Ces gracieux tableaux pleins de douleurs suaves;

Et, comme aux frais jardins on cherche tour à tour

La fleur la plus cachée et la plus odorante,

J'aime à chercher aussi quelque page enivrante

Marquée au double sceau de tristesse et d'amour.

Et je m'arrête alors : — parmi ces cœurs de femmes

Qu'un douloureux amour a rongés de ses flammes,

Parmi ces cœurs aimans à qui l'espoir manqua,

Il en est que notre âme, où le deuil a son charme,

Colore d'un jour tendre, embaume d'une larme : —

Ainsi je rêve et pleure au nom de Francesca,

De Francesca que Dante a peinte, humble colombe,

Dont l'amour prit racine à côté de la tombe,

Que le sort étouffa dans ses anneaux de fer;

De cette Francesca si promptement ravie,

Qui fière d'un aveu le paya de la vie,

Heureuse d'un baiser, l'expia par l'enfer!

L.

L'ÉGLISE.

L'ÉGLISE.

Vaisseau majestueux, nef solide et profonde,
O toi dont l'étendard s'élève sur le monde
    Malgré la brume et l'ouragan!
O toi qui, déployant ta voile toujours prête,
Supportes, sans fléchir, l'assaut de la tempête
    Et la houle de l'Océan!

O vaisseau! depuis l'heure où Dieu dissipa l'ombre,

Et brisa d'un mot seul les idoles sans nombre

   Qu'adorait le vaste univers,

Depuis l'heure où le Christ t'arracha de l'arène,

Et poussant sur les flots ta sublime carène,

   Ouvrit ton aile au vent des mers;

O vaisseau! que de fois la vague mugissante

Essaya d'ébranler ta mâture puissante!

   Que de fois sur les mers sans fond

Ces monstres inconnus, dont l'abîme se joue,

Heurtèrent du poitrail ta gigantesque proue

   Qui les broyait à chaque bond!

Que de fois, quand l'orage étend son vol et brille

Au plus profond des cieux, tu fis passer ta quille

   Sur le corps de Léviathan!

Que de fois, malgré l'ombre autour de toi semée,

Tu vis poindre au milieu d'une épaisse fumée

   La tête pâle de Satan!

De Satan, spectre impur qui s'élève et retombe
Sur tes mâts glorieux, comme une lourde trombe
    Que ton choc éternel vaincra;
De Satan, roi maudit, qui roule avec mystère
Son œil plus flamboyant que l'œil de la panthère
    Aux solitudes de Zhara.

Et puis, obscurcissant les flots que tu sillonnes,
Que de fois la nuée abaisse ses colonnes !
    Que de fois, sur des bords lointains,
Tu fuirais au hasard sans lumière et sans flamme,
Si tu n'avais pas Dieu, ce grand soleil de l'âme,
    Pour illuminer tes chemins !

Mais il veille là-haut; — ses anges qu'il envoie
Se hâtent de descendre et d'aplanir ta voie
    Au milieu des brumes de l'air;
Il veille, il tend sa main comme une large voute
Quand l'Esprit orgueilleux fait pleuvoir sur ta route
    Les étincelles de l'enfer.

AMOUR ET FOI.

Il veille, et le vent tombe et le navire flotte :
Que redouterais-tu?... le Christ est ton pilote,
  Le Christ abat ces flots sans frein :
Aussi rien n'aura fait vieillir tes destinées;
La vague des temps passe, et ses deux mille années
  N'ont pu rouiller tes flancs d'airain.

Qu'importe, ô vaisseau fier! quand ton Dieu te rassure,
Que les géans des eaux redoublent leur morsure
  Et se dressent comme des monts?...
Marche, ô vaisseau! — là-bas le port t'appelle et s'ouvre;
Marche à travers les flots dont l'écume te couvre,
  A travers l'aile des démons.

Marche, et tu rouleras sur les lames grondantes,
Et tu verras pâlir ces prunelles ardentes
  Dont l'éclair te suit en tous lieux;
Marche, et les cieux lointains dépouilleront leurs voiles,
Et tu verras dans l'ombre un bouclier d'étoiles
  Couvrir tes mâts audacieux.

Ce grand phare t'éclaire, ô vaisseau ! quand tu passes :
Une voix merveilleuse, à travers les espaces.
    Retentit comme un doux appel ;
Et l'âme, transportée au-dessus des orages,
Retrouve, à chaque vent qui meurt dans tes cordages,
    Un écho des cygnes du ciel.

Ils sont là : — leurs regards te suivent dans la houle,
Ces martyrs des vieux temps, ces martyrs, noble foule,
    Que l'œil distingue à leurs rayons ;
Foule victorieuse et pourtant désarmée
Qui cria : « Gloire au Christ ! » sur la roue enflammée
    Et sous la griffe des lions.

Ils sont là dans la nue et leur bras t'environne,
Tous ces milliers d'esprits qu'une flamme couronne,
    Reflets brillans du divin roi ;
Esprits qu'un pur amour devant tes pas ramène,
Ils sont là dans la nue, et leur suave haleine
    Rafraîchit l'air autour de toi.

Va donc, ô vaisseau fier ! va sous leur aile sainte,

Va sur les grandes eaux sans redouter l'étreinte

    Du flot qui gronde à ton côté :

O vaisseau ! marche au port prédit par les prophètes ;

Marche, marche toujours, jusqu'à ce que tu jettes

    Ton ancre dans l'Éternité !

LI.

FUITE.

FUITE.

Mon âme est un vaisseau qui s'use dans le port ;
Mon âme est un aiglon qu'on tient avec effort
    Sous le dur barreau qui le souille ;
Mon âme languissante a besoin de réveil :
Aiglon, je veux grandir en face du soleil,
    Vaisseau, je veux laver ma rouille.

O mes strophes! voici votre heure, — élancez-vous;
Élancez-vous malgré les aquilons jaloux
        Et les tempêtes vos rivales.
O mes strophes de plainte! ô mes strophes d'amour!
L'espace est là, — partez, plongez-y tour à tour
        Comme un fol essaim de cavales.

Mon cœur terne et pensif n'a reposé que trop :
Reprenez, reprenez l'impétueux galop,
        O mes cavales palpitantes!
Volez comme l'Arabe effaré, quand son œil,
A travers le Semoûm, ce formidable écueil,
        Entrevoit la cime des tentes.

Volez plus loin encor, plus vite qu'un regard,
Plus vite que l'éclair au sommet du Gothard,
        Que le flot qui tombe aux vallées:
Je veux, quand votre crin se hérisse à la fois,
Je veux bondir là-haut, penché de tout mon poids
        Sur vos têtes échevelées.

Volez donc tour à tour de l'orient au nord,

De la terre au soleil; volez sur chaque bord

    Que le cœur admire ou vénère :

Depuis le grand glacier morne et silencieux

Jusqu'au mont dont la cime est un écho des cieux,

    Et parle par coups de tonnerre.

Volez, — que je retrouve à mon premier essor

Ce que j'ai tant rêvé, ce que je rêve encor,

    La solitude ma compagne.

Je veux dépasser l'aigle au fond des cieux déserts,

Et le nuage assis, comme un géant des airs,

    Sur le piton de la montagne.

Je veux, loin de ce globe et par-dessus les eaux,

Respirer le même air que vos larges naseaux ;

    Je veux, rejetant mors et bride,

Je veux fuir avec vous jusqu'au monde éternel,

A travers vents et brume, et dans les lacs du ciel

    Désaltérer ma bouche aride.

Je veux chercher encore, abattu que je suis,

Cette sphère d'amour que dans ses longues nuits

    Mon âme a si souvent rejointe :

Oh ! pour y parvenir, mes cavales sans frein,

Je veux plier vos flancs sous l'éperon d'airain

    Et les fatiguer de sa pointe ;

Et quand j'aurai vu fuir bien loin derrière moi

Ce globe désolant d'amertume et d'effroi,

    Ce vil globe où rien ne m'attache,

Je veux franchir d'un bond les gouffres du chemin,

Et, comme un dard lancé par une forte main,

    Percer la nue où Dieu se cache !

LII.

VISION.

VISION.

C'était la grande nuit : c'était la douzième heure
De ce jour solennel et que toute âme pleure,
De ce jour douloureux que rien n'effacera,
Où le Christ, tout sanglant devant la foule immonde,
Jeta son dernier cri qui remua le monde,

    Et, baissant la tête, expira.

Et je rêvais : — mon âme avec force emportée
Traversait une sphère étrange, illimitée. —
Je vis un rideau noir comme les sombres nuits :
L'éclair seul déchirait ce voile impénétrable,
Et derrière la nue une voix formidable
   Disait : « Je suis celui qui suis. »

Et je sentis mes os se heurter d'épouvante,
Et le froid de la mort glaçait ma chair vivante,
Quand le rideau fatal s'entr'ouvrit comme un ciel :
Et voilà que je vis de l'œil perçant de l'âme
Trois grands vieillards siégeant sur des trônes de flamme :
   Job, Isaïe, Ézéchiel.

Tous trois calmes et forts, comme aux siècles antiques,
Déroulaient lentement leurs pages prophétiques :
Job le saint exilé, l'homme aux vastes douleurs,
Baissait encor ses yeux desséchés par les pleurs,
Comme au jour où sa voix sublime, mais amère,
Faisait un appel triste à la tombe sa mère.

Isaïe, effrayant même dans son repos,

Semblait foudroyer Tyr, cette Babel des flots.

On eût dit que, debout sur la roche pendante,

Il lui jetait encore une menace ardente.

Mais celui qui brisa mon cœur, celui-là seul,

Ce fut Ézéchiel, pâle comme un linceul.

Mon œil, dans sa prunelle éclatante et profonde,

Crut lire en traits de feu la ruine du monde :

Lui seul, chargé du poids des siècles qui viendront,

Cachait sous des éclairs les rides de son front ;

Lui seul jusque sur moi projetait sa grande ombre, —

Et je vis à leurs pieds, avec son regard sombre,

Dante, le vieux poëte à la plume de fer,

Immobile et posant la main sur son Enfer.

     Et moi, dans ma terreur muette,

     Je tordais vainement mes bras ;

     Et je sentais blanchir ma tête

     Comme un oiseau sous les frimas.

     Une formidable pensée,

     Gonflait ma poitrine oppressée,

22

AMOUR ET FOI.

Je voulus m'écrier : Seigneur !
Mais le doigt d'une main puissante
Fermait ma bouche frémissante,
Et glaça le cri de mon cœur.

Et tout à coup pure, éclatante,
Une parole vint à moi,
Et dans mon âme palpitante
Je crus sentir couler la foi :
« Homme frêle entre les plus frêles,
« Il en est temps, ouvre tes ailes,
« Ouvre-les, prends ton vol dans l'air ;
« Va, poussière, va, fils d'un homme,
« De quelque nom que l'on te nomme,
« Misérable enfant de la chair.

« Écoute : — ils ont dans leurs caprices
« Tout corrompu, l'âme et le cœur ;
« Plongés dans de fausses délices,
« Ils ont dit : « C'est là le bonheur. »

« Ils ont élevé pierre à pierre

« Un monument, colonne altière,

« Dont ils se vantaient en tout lieu...

« Vain colosse qui les écrase !...

« Dans cet édifice sans base,

« Ils n'avaient oublié que Dieu.

« Dieu, l'Être unique, nécessaire,

« Le seul grand, le seul éternel,

« Qui d'un souffle ébranle la terre,

« Qui d'un pas franchit tout le ciel.

« Dieu qui créa l'azur sans bornes,

« Dieu qui créa les déserts mornes

« Où s'égare votre douleur,

« Et sur cette terre encor nue

« Jeta la semence inconnue

« Qui devint homme, brute ou fleur.

« Et qu'est-ce que l'homme éphémère ?...

« Qu'est-il, cet insecte rêvant,

« Ce roseau gonflé de chimère

« Et qui frissonne au moindre vent ?

« Semblable à la plante fanée,

« Il se meurt d'année en année...

« Où vont ces tourbillons humains ?

« On les voit monter et descendre.

« Qu'en reste-t-il ?... un peu de cendre

« Qui se perd le long des chemins.

« Jéhovah se rit de l'outrage :

« Mais Jéhovah donne et reprend ;

« Et quand il brise son ouvrage,

« Il est aussi juste que grand.

« Il envoya donc plus d'un sage

« Qui murmurait sur son passage

« Les noms de gloire et de vertu :

« Gloire !... A ce mot pur et sonore,

« Ces cœurs d'hommes battaient encore ;

« Mais à l'autre ils n'ont pas battu !

« C'en est fait : — Dieu d'abord frappera les couronnes :
« Son souffle balaiera la poussière des trônes
        « Devant l'homme mortel ;
« Et comme aux larges flots du fleuve solitaire
« On laisse aller la feuille, il livrera la terre
        « Aux quatre vents du ciel.

« Va donc, homme de chair et de sang, — l'heure vole ;
« Endurcis ton cœur frêle et retiens ma parole,
        « Je suis le fils d'Amos :
« Va, — quel que soit l'instant, sinistre ou favorable,
« Dresse-toi devant eux, fantôme inexorable,
        « Et jette-leur ces mots :

« Un signe s'étendra du couchant à l'aurore,
« Éclatant de blancheur. — Ce divin météore
« Inondera les cieux de rayons purs et clairs,
« Et du côté du nord courbera ses éclairs ;
« Et, pliant le genou devant ce flambeau pâle,
« Les peuples trembleront d'une terreur égale.

« Mais quand ils les verront dans les cieux moins brillans

« S'avancer pas à pas, comète à crins sanglans,

« Et, comme un vaisseau lourd errant de lame en lame,

« Tourbillonner la nuit dans ses vagues de flamme ;

« Quand aux yeux de l'athée oppressé de remords

« Les tombeaux s'ouvriront et vomiront leurs morts,

« Et qu'atteint tout à coup d'une rouille livide

« Le soleil chancelant s'éteindra dans le vide,

« Alors tout finira, la terre et l'homme ; — et Dieu

« Apparaîtra debout sur la nuée en feu. »

LIII.

ROSA MYSTICA.

ROSA MYSTICA.

O jeune rose épanouie

Près du tabernacle immortel,

Vierge pure, tendre Marie,

Douce fleur des jardins du ciel;

O toi qui sais parfumer l'âme

Mieux que la myrrhe et le cinname,

Et l'encens même du saint lieu;
O toi dont la grâce est l'empire,
Toi qui ramènes d'un sourire
Le pardon aux lèvres de Dieu :

Mère du Christ, reine de l'ange,
Oh! laisse tomber jusqu'à nous
Cette auréole sans mélange
Que nous demandons à genoux;
Cette lumière intérieure
Qui fait que la vie est meilleure
Et le poids du siècle moins lourd,
Lumière féconde en délice,
Où le cœur boit à plein calice
Les ivresses d'un pur amour!

Hélas! il est tant d'amertume,
Tant de douleurs à consoler,
Tant d'êtres qu'un chagrin consume
Et qui n'osent le révéler!

Leur existence èst si troublée
Que la pierre du mausolée
Brille à leurs yeux comme le port,
Et que vaincus par la tempête
Ils ne veulent poser la tête
Que sur l'oreiller de la mort.

O Vierge! écoute leur prière,
Sois indulgente et souris-leur;
N'abandonne pas sur la terre
Ces déshérités du bonheur.
Sois leur appui, sois leur patronne;
Que ton bras sùr les environne
Et défende leur doux sommeil;
Relève, relève, Marie,
Chaque fleur mourante et flétrie
Qui n'a point de place au soleil.

Oh! s'il est une âme oppressée,
Une femme au cœur innocent,

Qui garde un nom dans sa pensée

Et qui pleure en le prononçant;

Oh! verse l'espoir sur cette âme

Vacillante comme une flamme:

Dis-lui qu'ailleurs on s'aime mieux;

Dis-lui qu'elle a toujours un frère,

Et que, séparés sur la terre,

Ils seront unis dans les cieux.

Rends à l'exilé qui t'implore

Un ciel plus calme, un jour plus beau,

Et comme un reflet de l'aurore

Qui souriait à son berceau;

Rends à l'orpheline égarée

Un peu de cette paix sacrée,

Trésor d'en haut qu'elle n'a plus;

Adoucis le fiel de ses larmes,

Et dans un songe plein de charmes

Fais-lui voir ceux qu'elle a perdus.

Et puis sur cette route amère
Où Dieu sème tant de combats,
S'il était une pauvre mère
Dont le seul fils ne revînt pas,
Soutiens dans sa longue détresse,
Soutiens l'enfant de sa tendresse
Qui marche avec peine et lenteur :
Vierge sainte, Vierge divine,
Ne laisse pas croître l'épine
Dans le sentier du voyageur.

Et nous qu'un regret suit encore,
Quand nous te supplions bien bas
Au nom de ce Christ qu'on adore
Et que tu berças dans tes bras,
O Vierge ! ô toi qu'un regret touche,
Laisse descendre de ta bouche
Un langage délicieux :
O rose ! entr'ouvre tes corolles
Et tes parfums, et tes paroles
Nous feront respirer les cieux !

LIV.

LE SUICIDE.

LE SUICIDE.

Un cri part.... La foule inquiète
Frissonne à ce cri défaillant;
Elle se presse, elle se jette
Autour d'un cadavre sanglant.
— Encore une proie à l'abîme,
Encore une pâle victime
Transfuge de la vérité;
Encore un cœur las de ce monde,
Qui crut dans la poussière immonde
Enfouir son éternité !

23

Encore un crime inexpiable !

Oh ! qu'un pareil songe est trompeur !

Oh ! quelle angoisse formidable

Succède à cette folle erreur !

Combien d'âmes mornes et sombres

Qui cherchaient d'éternelles ombres

Et se réveillent en sursaut !

Combien pensaient dormir sans crainte,

Dont la prunelle à peine éteinte

Se rallume à l'éclair d'en haut !

Or, c'est vous seuls que j'en accuse,

Rhéteurs effrontés de nos jours,

Car l'âme se corrode et s'use

Au fiel amer de vos discours.

C'est vous, sophistes de notre âge,

Vous tous que le siècle encourage

Et que repousse la raison ;

Vous tous qu'un même instinct enflamme,

Vils fléaux du corps et de l'âme,

Inoculateurs de poison !

Vous avez brisé l'espérance,

    L'espérance de l'avenir ;

Debout devant la Croix qu'on ne saurait bannir !

En face de ce culte au puissant souvenir,

Vous disiez comme Dieu devant la mer immense :

« C'est là, sur cet écueil où mon pouvoir commence,

    « Que son dernier flot va finir. »

Et votre amer dédain grossissait quelques taches

    De l'homme inhabile et mortel,

Et vous frappiez sans honte, et vous portiez vos haches

    Jusqu'à la base de l'autel.

Ce n'est pas tout : l'orgueil et l'instinct de vos haines

    Se roidissaient contre la mort ;

Vous avez effacé de vos chartes humaines

    L'immortalité du remord.

Vous avez dit : « Tout meurt, qu'importe la prière,

« Qu'importe l'avenir à l'homme agonisant ?

« C'est faire bien du bruit pour un peu de poussière :

« Ah ! vous pouvez en paix dormir sous cette pierre,

    « Cette pierre est sœur du néant. »

Eh bien ! qu'a répondu cette jeunesse forte,

    Quand vous démolissiez l'autel ?

Cette jeunesse ardente et que sa fougue emporte ?...

    Elle a ri d'un rire cruel ;

Elle a battu des mains devant vos représailles ;

Puis, quand l'âge a glacé tous ses songes de feu,

    Tranquille au moment de l'adieu,

    Elle a déchiré ses entrailles

En criant au néant : « Me voilà ! sois mon Dieu ! »

    Arrête, audacieuse, arrête !

    — Crois-tu donc, ô siècle hardi,

    Qu'il suffit de voiler sa tête,

    Et qu'en se frappant tout est dit ?

    Crois-tu la vengeance muette

    Et la justice satisfaite,

    Là-haut, dans la suprême cour ?

    Crois-tu, jeunesse morte au blâme,

    Qu'on puisse jeter là son âme

    Comme on jette un manteau d'un jour ?

Crois-tu, quand le cerveau se brise,

Ou qu'on s'est déchiré le sein,

Crois-tu que cette courte crise

Altère un principe divin ?

Crois-tu qu'un foyer de pensée,

Parce que la chair s'est glacée,

Succombe à la même torpeur,

Et que de parcelle en parcelle

Tous deux s'en aillent pêle-mêle

Sous la bêche du fossoyeur ?

Non, non : — le fossoyeur ne frappe

Que la pourriture du corps ;

Le corps se dissout, l'âme échappe,

L'âme s'élargit au dehors,

Elle part ! — Hommes vains et frêles,

Tâchez d'enfermer ses deux ailes

Sous la pierre du grand sommeil,

Et puis efforcez-vous d'enclore

Une des brises de l'aurore,

Une des flammes du soleil !

Arrière donc, tourbe insensée,
Qui vis et qui meurs au hasard !
Arrière, ô vous dont la pensée
N'a de foi que dans un poignard !
Tremblez, car dans votre ignorance,
Vous ne savez pas quelle chance
Vous joueriez à ce jeu fatal ;
Tremblez, car le tombeau plein d'ombre
N'est que le vestibule sombre
D'un éblouissant tribunal.

Là-haut, quand une âme s'élance
Hors de sa prison qui se fend,
Deux esprits montent en présence,
L'un accuse, l'autre défend.
L'un est jeune et beau, l'autre infâme ;
Tous deux se disputent cette âme
Qui vient d'échapper au linceul ;
Mais quand la mort est volontaire,
Quand l'âme a déserté la terre,
L'accusateur apparaît seul !

LV.

CONSUMMATUM EST.

CONSUMMATUM EST.

Et la mère était là, la mère désolée
Heurtant le sol impur de ses genoux meurtris ;
Elle était là, muette et la tête voilée,
    Et les bras tendus vers son fils.

Or, quand la croix monta sur le haut du Calvaire,
C'était la sixième heure, et d'informes brouillards,
Des ténèbres sans nom plus froides qu'un suaire
　　　Descendirent de toutes parts.

Et les cieux se cachaient, et le grand astre même
S'abîmait sous des flots d'un pourpre menaçant;
Et l'on eût dit, à voir son rouge diadème,
　　　Qu'il plongeait dans un lac de sang.

Et les rumeurs du jour désertaient l'étendue;
Seulement, sur les rocs épars et foudroyés,
Des aquilons sans bruit chassaient l'aigle éperdue
　　　Et les nuages effrayés.

Et d'instans en instans les pâles sentinelles
S'interrogeaient des yeux à défaut de la voix,
Car on avait déjà cru voir de blanches ailes
　　　Passer au-dessus de la croix.

Et la victime sainte élevait sa prière,

Et ses lèvres planant sur ce peuple insensé

Murmuraient à voix basse : O mon Père! ô mon Père!

    Pourquoi m'avez-vous délaissé?

Point de bruit alentour; — mais le désert sans borne,

Le désert vacillait semblable au vieux Sina.

Point de bruit alentour: — le silence était morne

    Quand la neuvième heure sonna....

Alors du sein des monts, du milieu des grands arbres,

Du milieu des grands bois battus comme une mer,

Du milieu des tombeaux qui secouaient leurs marbres,

Se brisaient et lançaient des cadavres dans l'air,

Une voix s'éleva, voix perçante et profonde,

Comme si la nature allait se désunir;

Et le drame funèbre acheva de finir

    Dans les convulsions du monde!

LVI.

AUX CATHOLIQUES.

AUX CATHOLIQUES.

Oui, les temps sont à vous, oui, jetés dans l'arène,
Quelle que soit la main qui vous frappe et vous traîne,
Ou d'un peuple qui gronde, ou d'un lâche César;
Oui, vous marchez sans peur, vous brisez la barrière,
Et votre ennemi tombe, et sa lutte éphémère
    Ne peut enrayer votre char.

Qu'avez-vous vu?... notre âge empreint d'un sceau funeste,
Notre âge qui se rit de l'avenir céleste
Et raille follement sous son masque hideux.
Que voyez-vous encore ?... une race chrétienne
Fouillant de toutes parts l'impureté païenne
      Pour en ressusciter les dieux.

Honte à nous ! Honte au siècle ! il a laissé sa bouche
Boire au calice amer qui corrompt ce qu'il touche,
Et le bras de son Dieu l'a soudain rejeté.
Envieux de la brute, il rampe sur la terre
Côte à côte avec elle, et chaque jour resserre
      Cette infâme fraternité.

Eh bien ! sachez le dire à cette foule immense,
Sachez lui reprocher sa honteuse démence,
O vous que n'a pu vaincre un monde criminel,
Catholiques ! Le flot fléchit devant son maître,
Et le vent de demain va déchirer peut-être
      Le nuage où dort l'arc-en-ciel.

L'Église est là, l'Église avec son cœur de mère,

Mais qui n'a rien perdu de sa force première ;

Elle est là toujours prête à de nouveaux combats.

Ses fils hachés hier sur l'échafaud immonde,

Ses fils ont bien prouvé qu'elle est encor féconde

     Et que ses flancs n'avortent pas.

Voyez plutôt, voyez du sein de leur poussière,

Voyez surgir encor cette phalange altière,

Ces nombreux défenseurs des autels vacillans,

Ces hardis rejetons des semences divines,

Qui cherchent la tempête et poussent leurs racines

     Jusqu'aux entrailles des volcans.

Ils croissent. — Les voilà qui par-dessus notre âge

Étendent leur bannière et font tête à l'orage ;

Calmes, le front serein près du flot agité,

Les voilà travaillant de corps et de pensée

A désemplir le gouffre où s'était amassée

     La vase de l'impiété.

24

Courage, enfans du Christ ! enfans du Dieu fait homme,
Courage ! — Imitateurs des vieux martyrs de Rome,
Un reflet de leur âme est passé sur vos fronts.
Oui, vous avez encor vos chairs tout imprégnées
De ce sang où trempa pendant bien des années
    Le manteau souillé des Nérons.

Courage ! relevez le temple qui chancelle ;
Prêtez vos bras nerveux à cette œuvre immortelle
Qui demande la force et l'union de tous ;
Travaillez longuement, puis, votre heure venue,
Vous léguerez le reste à la race inconnue
    Qui germe à quelques pas de vous.

Mais il faut se roidir et fouler d'un pied ferme
Ce sentier hasardeux dont la mort est le terme :
Frères, repoussez bien la coupe de l'erreur.
Purs à travers des temps de délire et de fièvre,
Oh ! n'en rougissez pas ; — faites de votre lèvre
    La compagne de votre cœur.

Anathème à qui cache au fond de sa poitrine
Cette foi des vieux jours rayonnante et divine !
Anathème au cœur bas que la honte retient !
Anathème, anathème à qui croit et renie,
A qui traîné devant la haine ou l'ironie
    Ne criera pas : « Je suis chrétien ! »

Celui-là plus que tous expiera son blasphème,
Et maudit par son Dieu se maudira lui-même,
Et descendra tout pâle aux abîmes profonds.
L'éternelle douleur que sa bouche a raillée
Fera hurler sa chair amincie et broyée
    Sous la tenaille des démons.

Donc c'est un regard ferme, une parole fière
Que l'on doit opposer au rire du vulgaire ;
Car nous n'en sommes plus à ce temps destructeur,
A cet âge où, lassé d'une lutte frivole,
On jetait coup sur coup son sarcasme à l'idole
    Et sa tête à l'accusateur.

AMOUR ET FOI.

Oh ! vienne l'avenir, vienne un temps moins avare,
Et ces cœurs dispersés, ces hommes qu'on égare,
Ne formeront qu'un peuple et qu'une seule voix ;
Et comme un nid d'aiglons qui battent tous de l'aile,
Ce peuple saluera, devant l'arche nouvelle,
      L'immortalité de la croix.

Et nous, ô Christ ! et nous qui, plongés dès l'aurore
Dans les épais brouillards d'un siècle où l'on t'ignore,
Marchons au but commun les yeux tournés vers toi ;
Nous qu'un espoir soutient, nous qui, malgré leur blâme,
Gardons soigneusement, comme on garde son âme,
      Les étincelles de ta foi ;

S'il est dit que notre âge, éclos dans la tempête,
Ne pourra, quoi qu'il fasse, en arracher sa tête ;
Si nous tombons avant qu'un port se soit offert,
Avant ces jours pieux que l'avenir prépare,
Avant qu'un divin souffle ait rallumé le phare
      Au fronton du temple désert,

Ah ! nous aurons du moins, comme cette humble femme

Qui, des pleurs dans les yeux et la pitié dans l'âme,

Répandit ses parfums sur tes pieds défaillans,

Nous aurons, ô mon Christ, versé des larmes pures

Sur tes pieds qu'on outrage, et baisé tes blessures

    Que l'on rouvre après deux mille ans !

FIN.

TABLE.

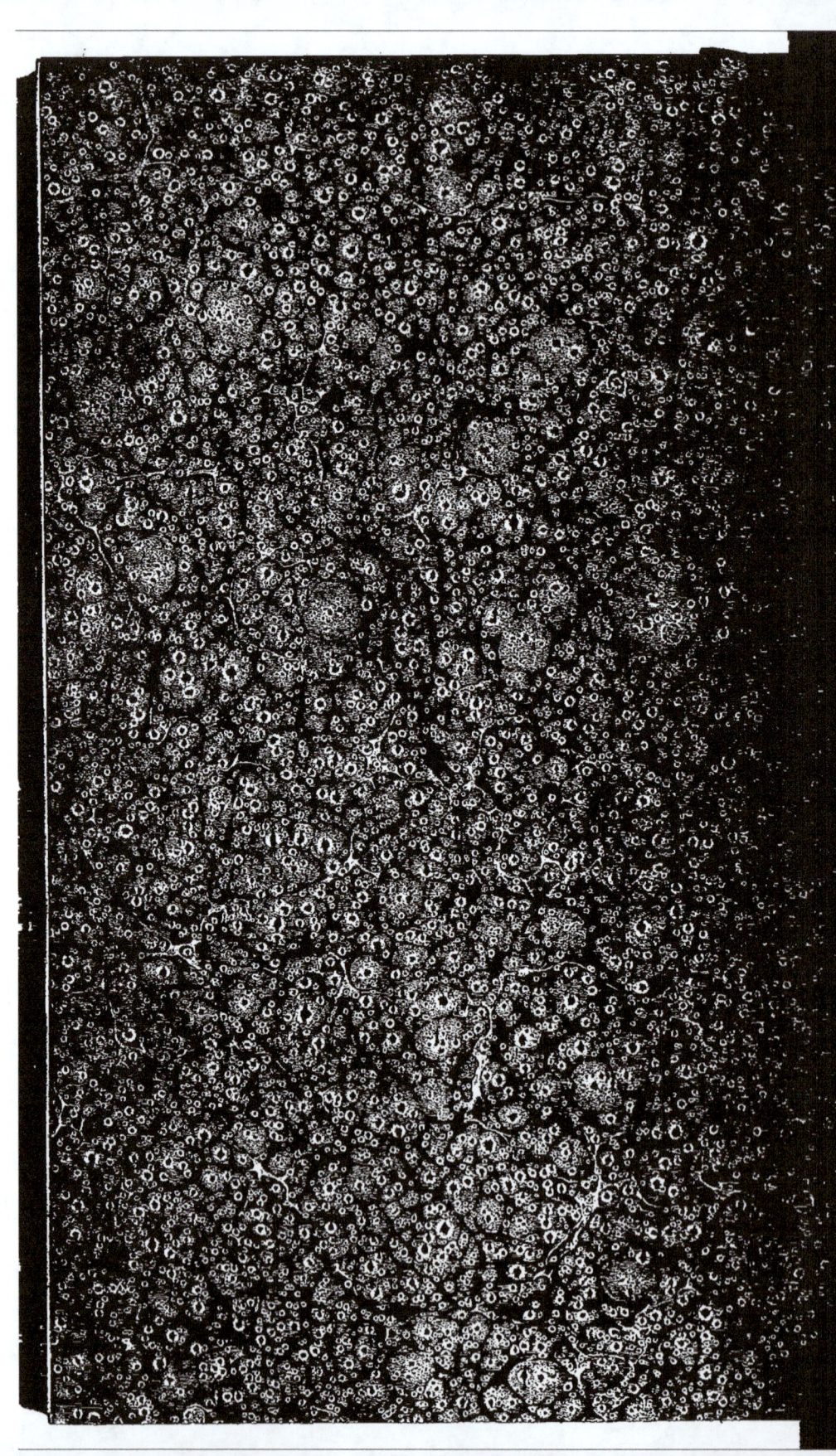